カッコウアザミの歌

楊牧詩集

上田哲二 編訳

思潮社

カッコウアザミの歌

楊牧詩集

上田哲二編訳

This book is published in collaboration with the Council for Cultural Affairs, TAIWAN R. O. C..

楊牧詩集　目次

I　リリシズムの光芒

V　抒情のオーボエ

装幀＝思潮社装幀室

Ⅰ　リリシズムの光芒

水仙花

過去からの星が背後でささやき
私たちはわけもなく争そって床につく
子守唄の中でまどろみながら数えるのは
谷底に墜ちて蛍としてひっそりと飛ぶ彼らだ
星の光と花の影に映える私たちの足元を軽やかに飛ぶ

あゝ　ここは荒れ果てた山野
私たちは同じ舟を漕いでいるのかもしれない

知らない間に時の流れを滑り下り
七つの海を過ぎてしまった
千年も一夜の夢　果てしない波濤のなかで
振り向けばあなたの両鬢はすでに白い
ギリシア神話の水仙は俯いて自らを見つめていた

——今宵の星は背後で静かにささやく
私たちは北向きの窓辺で向かいあって坐り
黄ばんだ手紙をぼんやりと読んでいる

一九六一年四月

訳注——水仙の学名、ナルキッソス（Narcissus）はギリシア神話に登場する美少年ナルシスに由来。

教会の黄昏

神は身を寄せる者のために、彼らの盾となる。
——箴言三十章五節

教会の黄昏が無音の鐘を鳴らす
（エホバは私の巌《いわお》　山の棲み家）
煉瓦の壁には数多《あまた》の藤の花
十二使徒の血は夕陽の十二の方向から来る
七色のステンドグラスの入り口に静かに入ってきて注視する亡魂

疲弊した大地よ　岩陰には罪深きケシの花が茂る
草地の上に横たわるのはかつて聖歌隊にいた男
昨夜　傷を負った用心棒のように帰ってきた
沼地の虐殺から逃げて
帽子を樹に掛け　異教の僧のようだ
馬を路上で繋ぎ　逡巡と不安もまた道端に繋ぎとめた
エホバは私の巌　山の棲み家——朗誦する男
教会の黄昏が無声の鐘を衰落のなかで叩いた

一九六二年四月

沈黙

四月が梢からひらりと落ちてきた
霧でおおわれた小高い山の頂きから
一騎が物憂そうにやってきて
路上に梅花のあとを浅く残していった

夜更け　いまごろあの少年はまだ
山神廟の楼上に座っているだろう
四月が小高い山の頂きからおりてきて
小さな黄色い花が梢からひらりと落ちた

一九六二年四月

星に問う

And....on thy breast I sink.
—— R.Browning

僕は塵と土の花挿頭《かざ》す大地に沈んでいく
無意味な悲劇はこれでおわる
おわったのだ　星は西の空で輝き歌い
雨は僕の墓碑銘を打ち
春は静かに逝き去った

腕を広げて君をだきしめよう　星たちよ
僕は暗い夜だ——限りのない空虚

心はどのように飛翔するだろう
峰の洞穴から湧きあがる雲のように悠久として　黙して坐り
悲哀を前に微笑んでいる　僕は声を上げて問いかける
誰だ　この沈みゆく大地を打つのは？
夕暮れの風が来る時　小径《こみち》に人影はなく
梢の葉がささやく
陽光の愛は
今俄かに一夜の悪夢と化した

君は誰なのだ？　光り輝くように歌い
夜は深い森の忘却とともに眠り
自らを驚かせ　自分を嚙みしめる
そして僕は誰だ？　大河は空の涯で溢れ出る
夏は慌ただしく過ぎ　小船の苫はなお厚い

時は白髪と皺と懐疑で
君のあでやかな顔を蔽う
帷を上げると林檎園の前では
君が麗しいスカートを弄ぶ
そして僕は　五月の星
花挿頭す大地に沈み……
雨のなかで河を渡る

一九六二年五月

訳注——「And....on thy breast I sink.」は英国ビクトリア朝の詩人ロバート・ブラウニング（Robert Browning、一八一二—八九）の作品"In a Gondola"にみえ、ベニスで恋のために刺殺された男を描いている。

崖の上

そして　ヒマワリが満開の崖の上に来て
横たわると、早く来ていたシャコを一羽驚かせた

僕は遠い山を指差して云った、「魅惑する雲
　ほら　見てごらん！　泉の水が滴っている　聞こえるかい　あの木を切る音」

終日　私たちは木を切る音を聞いていた
季節はちょうどはじまったばかり　森は茂り　深い
あの偉大な宮殿を通り過ぎていくのは誰だ？
一千万の古代ローマの石柱と槍を通り過ぎ
　野性の狼が人に変身するのを見て
　　海を越えて黄金色の海岸に行くのは誰だ？
潮が来ると　すこしばかり故郷がなつかしくなる

君は笑って云った。「でもあたしたちはただ
ヒマワリが満開のこの崖の上で
寝そべっていて　ただどんな風に静かに老いていくかを想っているだけ
泉の水は滴り　何層もの岩石を貫いていて
ただあの遠くで木を切る音が聞こえるだけ」
私たちは高い場所にいて　抱擁して
火をおこして　狩をして　沐浴して　そして老いていく……

一九六三年

夏のいちご畑

土掘りの労夫が樹の下で休み
樹影がゆっくりと東に移る
胡蝶蘭を探して真っ白な断崖を
人が登る。遠くの森では
前世紀で成長するかのように
小鳥が滝のようにさわがしい
季節の観念を知らない滝
私は小屋のなかですわり
数エーカーのいちご畑を見守る
数エーカーの甘味！
夏の愛は凝固して　谷いちめんの
みずみずしい赤になった

陽光はますます白く

蟬はますますさわがしい
広がったこだまの中に
いくらかの原始の憂い
山も谷もただいちめんに広がるみずみずしい赤
もう昔の私たちのいちご畑ではない

一九六三年

断片

雁が一羽　古池に飛びこんだ
いのちがその中に沈み込む
無名の峡谷と孤独な果実
深い混沌の中に未開の静けさ——
葦をかき分けて花を採る男が急に頭をもたげると
鷲の部落が見えた
空き地では積まれた松の木が燃やされている

小さな部落
百羽の鷲が守る部落
霧雨　疫病　迷信のなかに
トーテムとタブーが埋められた部落
僕はかつて見た事がある――山の背後の
谷川の向こう側　深い密林の中
叛乱と虐殺のあった部落
その歴史全体が
ほんの小さな哀しみの出来事にすぎない

風は時のため息　水面《みなも》には真紅の夕焼け
まるで山の背後のあの永久《とわ》に忘れられぬ血のような赤さ
僕は大樹にもたれて話すのだ
記憶のような大樹　そんなにも古く
そんなにも静かで峻厳として　しかも茫々とした中で
僕を支え　息をつかせる
その成長とやるせなさを感じる僕は
消えてしまった小さな部落の伝説を伝えるのだ

一九六四年

時間へ

教えてほしい　忘却とは何だ
完全なる忘却とは何だ——枯れ木が息切れして
衰えゆく宇宙の苔で蔽われ
果実が熟して陰鬱とした大地に落ち
夏から秋に変わり　暗い翳のなかで腐りゆく時
ふたつの季節が含む豊かさと艶やかな赤が
一点のわずかな圧力で解放されて
突然　塵になる時
花の香が隕石のように草むらに落ち
鍾乳石が垂れさがり昇って来る石筍に触れる時
あるいはまた見知らぬ人の足どりが
細雨の中　紅漆《べにうるし》の円門を過ぎ
噴水の傍らで立ち止まり
百体の虚無の彫像に凝固する時　それが忘却だ
その足跡は　君と僕の眉の間に渓谷を残す

それはこだまが返らない森のように
原始の憂いを抱いている
教えてほしい　記憶とは何だ
もし君が曾て死の甘さのなかで自分を失ったのなら
記憶とは何だ
——教えてほしい　もし君が灯火を吹き消すように
自らを永遠の闇に埋葬するなら

一九六四年

訳注——「円門」は通用口が円形になっている門。

風に歌わせよう

一

もし夏の詩を
君に書くなら——

葦が一杯に茂り　陽光が
その腰をあまねく照らし
その開いた足に
射し込む時　新しいドラムが
破れる時　もし僕が

君のために秋の詩を書くなら――
小舟の上でゆられ
十二番目の目盛りまで沈み
河底で　悲しみが
金色の龍のように伏せる時　傷ついた眼から急流が
山津波のようにしぶきをあげて舞いあがる時
もし僕が君のために

冬の詩を書くなら――
氷雪と
小さくなった湖の最後の証人になり
深夜の訪問者が

短い夢をさまたげ
君を遠い地方へつれていくのに立会う時
君は灯火を与えられ
静かにそこに座って待つように命じられ
涙もゆるされない

二

もし君が春のために
声をあげて泣き悲しむのを許されず
編みものもゆるされないなら
もし君が静かに座って待つようにいわれたなら
一千年ののち
春が過ぎても
君の名はまだ夏だろう
彼らは君を連れて帰り
その指輪とドレスをとりあげる
その髪を短く切って

僕が耐え忍んでいる湖の汀《みぎわ》に
君を置き去るだろう
その時　君は僕のものになる

君は僕のもの
湯浴みをして
ワインを少し
ミントのキャンディを少し
それに何着かの新しいドレス
君の髪は
かつてのようにのびて
名前は
まだ夏

三

その時一篇の
春の詩を君に書こう　すべてが

再び始まる時
若い君がはずかしそうに
水にうつる自分の成長した姿をみているだろう
好きなだけ涙を流せばいい　君に新しいドレスをつくり
初めての夜のために蠟燭をつくろう

春の詩を
その胸元に　書かせてほしい
胸の鼓動　血のメロディ
乳房のイメージ　あざの隠喩
君をあたたかな湖面によこたえ
風に歌わせよう

一九七三年十二月

鷓鴣天《しゃこてん》

一　常緑樹

草地はそれほどぬれていない
星は池に満ち
私たちはまだ道に迷ってはいない
花の香は地表からきたものではなく
そっと
あなたの肩から来るようだ――

両手をあわせると
暮れなずむ夕べの雲
冷えた気流が
ひっそりとした常緑樹の中を抜ける

二　夜の袖

私たちは酒を飲み始めた
夜の帳《とばり》がおりると
四つの袖が暖を求めて重なる
ふたりは戸惑う梧桐《あおぎり》

吹きすさぶ風と雪について
訴える。冬にはタイトルも覚えていない
一枚のアルバムをいつも聞く
枯枝が吹きあげられ
どんよりした夢が窓をよぎる

「恋のことならまかせてくれ」
私たちは酒を飲み始めた「それに
恋がうまれるのをいつも待っている」

三　水鳥

風のない湖で休む舟のように
舷側の間の雲で休む私たち
風のない湖の中心で
あなたの息遣いにつれて静かな舟がゆれる

長い時間《とき》が過ぎた
愛の時代――船底は
苔と貝殻でおおわれ
風のない湖で
あなたはまだつかれきったわけじゃない
夕陽の下の水鳥のように
やせて恥ずかしそうに顔を赤らめている

四　私のツタカズラ

君もかつては髪をおろし　衣を解き

菊花が力強く開く廃墟に対していた
私は神々を仰いだ
君は躍りあがって　ほろんでいった
ぐるりと絡みついた
私の衛星は
ツタカズラになった

あの時知ったが
私は荒涼としていたし
離れていた君も
そんなにもはかなく
凋落していた

五　菊花

あの時　君は気づくべきだった
愛は
柿とミントの香りがする詩集が

一、二冊重なった味わいだって
そうすれば肩をすくめて　また今度ね
なんて言うこともなかったんだ

ネックレスとイアリングだけを残して
絹のドレスを脱ぐといい
水のあふれた路地を車が抜けて
音が遠ざかっていく時
置時計が私たちの時間をふるわせる
菊の花が枕の上に落ちて
花びらがベッドにひろがる時
君も散るといい

六　河岸

そんな散り方がいい
うらぶれた琴の音
眼は頽廃派の灯籠

うぶ毛は十字軍が
露営する草原

手足には残り雲
星が額にあがり
月は水に没して
下腹には大輪の花
軒からしたたる音と
イメージ　痙攣する血管と
崩壊する骨格

私たちが怯えてすわり
よりそっているのを
あたたかな河辺がみつめている

一九七四年一月

訳注――「鷓鴣天」は古くから詞の形式についている名称（詞牌）のひとつ。

情歌

蛇たちが
雨のなかの波濤のように
憤慨して（騒がしい対岸に
虹がうかつにかかったからだ）
暗闇の彼方の暴風に
疲れた私にむかっておよいでくる
その時　話を聞いて
そばにいてほしい
岸辺がしだいに暗くなり
ほたる火がついに消える時
鳥の羽が
広がる月光を映し　甘美な思い出が
やるせない歌になる
その時
こちらにきてほしい

地表におりてきた煙は
もういちど　たちのぼらせよう
船出した帆船では
永遠にふりかえらないように
小道がふたたび潮にぬれる時
虫がもういちど騒ぎ
脱皮する時
お茶が冷めて
ずっと乾いていた
不慣な眼に
涙が急にあふれる時
胸元で
ずっと咲いていたツツジが
やがてしぼむ時
こちらにきてほしい

私の話を聞いて

そばにいてほしい
その手の花を
離さず
遅まきのたそがれの雲がうれいで
色を変えても　そのままでいい
ひとつだけの芙蓉は
風のしとねにかくして
あなたに来てもらおう

一九七二年五月

輓歌《ばんか》

たえかねて黄昏の窓辺で思わず涙を流す
黄昏の窓辺なんて
たぶんあなたに似合わない
（星の光の下　沈黙の苔の大地に

あなたは葬られている）
私は行き先を見失った河のように
戸惑いながら沼となった

残念だが肌の荒地は
午後四時にひろがる
ふるい落とされたヘビカズラ
地表にひろがる青い果実
焼かれた樹林は永遠に
地質学のなかに潜んでいった
やるせない黄昏のなか
傷心のなかで探すのはやめて
死後の雨粒にまかせればいい

ベッドの日陰はいつも叫びながら
追いかけてくるみたいだ
かつて板をうちつける音は愛のようだった
あるいは葬礼のプレリュード

（星の光の下　沈黙の苔の大地に
あなたは葬られている）満ち潮が
私の待つ渡し場におしよせ
あなたが何か話している
そんな荒地の中を進んでいく
美しい予言はハマビシのよう
（星の光の下　沈黙の苔の大地に
あなたは葬られている）小さなオジギソウ一本
黒髪が今日の風と雨　あなたは
ただよう香りをあてるように私にせがんだ
六月の風鈴
九月の菊

一九七三年十二月

玄学

飢餓はそんなにも美味で
かなしい酸味を帯びた朱欒《ざぼん》のようだ
若き日の恋がモクセイの花園で
行きつ戻りつ漂っている――きっと
星と霧の娘にちがいない

星と霧の娘
はそんなにもメランコリックで疑いぶかい
一夜に生まれた考えが
推敲と彫琢を経て
雨にけぶる湖いちめんにまき散らされたように

一九七二年

経学（夢に儀徴の阮大学士の祠《ほこら》に遊ぶ）

屈強な駱駝が門の入り口をまもり
山鷹は翼をやすめ静かに佇んでいる
十三経の校勘　韓、魯、斉の版本を比較
祭殿、本堂のどれもひっそりと寂しく
炬火《たいまつ》は騎兵が嗚咽する地に燃える

蘭芷《らんし》、蒲葦《みずくさ》は一様に駆逐され
憂愁とした湘夫人もまた歩みをとめた
ただ焚書以前の表題が周囲の壁に刻まれ
ほかの誤文は戦々恐々
古井戸に臨んで
吟詠して自らに聞かせた
吟じおわると　夜明けの星が
苔と水泡《うたかた》になった

周南召南　十五の国風
小雅大雅　周魯商の頌

一九七二年

訳注――「阮大学士」は清朝の考証学者阮元（一七六四―一八四九）、江蘇省儀徴の人。「蘭」と「芷」はともに香草の一種。「周南召南」以下は中国最古のアンソロジー『詩経』のなかの三分類「風」「雅」「頌」に含まれる各作品名。

神学

傷口と血と肋骨
聖なる息子を具現する一枚のローマの布
それが彼らの神学のすべてだと聞く
使徒たちは涙を流しながら出発し
鶏が鳴く前は誰も振り向くことは許されない

気性が最も悪い者は中国に送られた
外出はいつも
酒袋をぶらさげた驢馬
黄河があふれても心配する必要はない
旧約聖書を立証できる
寄付を募ってイエスを信じない異邦人を救うこともできる

一九七二年

孤独

孤独は年老いた一匹の獣
石ころだらけの私の胸の中に潜んでいる
その背中の模様はたやすく変わり
保護色だとわかる
その眼は遠く流れる雲を
ひっそりと見つめ

大空での旋廻と奔流にあこがれる
奴は頭《こうべ》を垂れ沈思して風雨の為すがままに打たれる
狂暴さは捨て去り
愛も風化した

孤独は年老いた一匹の獣
石ころだらけの私の胸の中に潜んでいる
雷鳴がとどろくと　たちまち飲んでいる酒に
気だるくやってきて
たそがれに飲む私を慕うような眼で
哀しそうにみつめる
その時　奴は正に悔やんでいるのだ
慣れ親しんだ世界を急いで離れ　この冷えた酒に
入ってくるべきじゃなかったと——私はグラスを挙げて
口をつけると　優しく奴を胸のなかへと戻す

一九七六年三月

連続無伴奏幻想曲

一

一点の光が
巨大な暴風のなかで
まさにあなたに向かう
あなたが急に歩を進めると　すこしも
躊躇せず　更に速度を空前に増した
――まるであなたを
鞭打っているかのようだ

二

私は息を殺して見ていた
たちのぼる花の香のなかでゆっくりとあなたが坐り
顔をあげ　壁の時計を見てから
なにげなくふりむいた　あれは何？

庭の随所で冬の陽光が松明のように高く射していた

三

手を伸ばして触る激しい炎——
それは天地が初めて分かれた時の色?
氷雪のように鋭利で　すこしずつ
融けて　静寂のなかにある余韻
凝結して遂には指先から伝わり
すぐには動かない心にとどく

四

あなたが今度　目覚めたばかりの私の
花園に迷い込んで
初夏の朝露が
所々で輝いているとしよう
鳥たちがさわぐなか　手足は濡れている

靴下も
私のあふれた大河をわたったので
すぐには乾ききらないだろう
仮に筋書きがおよそこのようなものだったら——
私の想像だが
昼寝から起きれば
あなたにつきあってレモンの木の下に坐ろう
その下で根気よくかわかすんだ

五

おもいがけなく
くりかえす寒さと暑さ
雷が何度も深夜の大平原におちるかのようだ
——暴虐の響きは
もっともおだやかな表情で広がる……
折れた葦は風に漂い　夢の河床をかすめる
傾いた陽のなかで

あなたは譜面を閉じてひそかな足取りの
余韻にききいる

一九九二年

拾いあげて

ではこう考えよう　夜明け前に私たちが夢みた谷を
一瞬かすめ　忘れられた形と音
それは君なのだ。失意のなかで僕は
ひとり明滅する水に向かい追想する
対岸の山すそに一筋の青い煙
一筋の青い煙が地に落ちる衣の帯のようにたなびく
君が身を屈めてそれを拾っている

一九九四年

松の下で

松の下で茶を飲んだ
針のような細葉《ほそば》が
白磁の盤の上にひらりと落ち
やがて、図案になった
忘れていたハンカチの縁の刺繍が
縦横に浮かび出る　今
水盤の涼しい庭でゆらめく

俯いてよく見たが
なにを象徴しているかはわからない
巧緻、乱調、調和——
あるいは架空の寂寞とした星座
変形した爻卦《こうか》、服の折り目
腕の上のぼんやりと暗示的な皺
あるいはどれも違うかもしれない

一九九六年

訳注——「爻卦」は易占いで使われる六本の符号。

細雪

昨夜、山々をかすめて帰ってきた　音もなく
想えばひさしぶりの気がかり
おぼれて死んだ深い谷底から
私は自分の眼で彼女が庭の門を押し開けるのを見た
おそるおそる足音をしのばせて、ためらったあと
すぐに去り、大寒の日には
ついにその痕跡を残していった

一九九六年

Ⅱ　歴史の彼方

韓愈の七言古詩「山石」に続けて

一

寺の僧と仏画について話した　空が明けると
足は濡れ衣は冷えていた　思い出すのは
街でクチナシの花のあいだを乱舞する蜂
坐り　あるいは寝そべる女
上げ下ろしされる帷《とばり》
筆と硯と経書のそばを行き交い
玄武門の変を論じる人々
月明かりに向かい　粗い押韻の漢魏詩に
おもいを馳せる――私の憤懣は
主人の顔よりも虚無に満ちている

衡山にのぼり楚の神に参拝して
豪雨にさらされた芭蕉林に向かわねばならない
志というのは流謫される南方のように泥濘をきわめている

酒をのめば蛇の影におどろき
歌えば恩赦の書が来ることをおもう

二

私と僧は仏画について話し　灯火が消える前に
急に思い出した　かつて柳の樹と
激しい水流が耳元で教えてくれたこと
往時の浪漫詩人のように剣を学び登仙の道をきわめるのだ
金の簪《かんざし》　羅紗のガウンに寝室の上履きだけが情愛ではないだろう?
私の学業は沼地の腐臭と
宮殿での慄きだった
しかし愛したのは団扇と
飛び回る蛍

杜甫の鄜州《ふしゅう》でのような事件もなくどうして妻に詩が書けるだろう
私にできるのは　河をわたり
酒楼の上で十囲《じゅうい》の松を前に坐して

流しの箏弾きを待ち
二日酔いをよそおうことだ
三都両京の賦よりも
司馬相如がいい

一九六八年

訳注――「玄武門の変」は西暦六二六年に李世民（のちの太宗）が長安の玄武門において血を分けた兄弟である建成と元吉を殺害した事件。「衡山」は五嶽のひとつで、湖南省衡陽市の北部。「三都両京の賦」はそれぞれ左思（二五〇?―三〇五?）、張衡（七八―一三九）の作品。「司馬相如」（前一七九?―前一一七）は前漢時代の文学者。妻の卓文君との恋がよく知られる。

延陵の季子、剣を掛ける

いつも私に聞こえるのは、この山の深き怨恨
最初の旅は目的があったが、多くの邂逅と別離での私の冷淡さを
なんと申し開けばいいいか――いやもう忘れよう

あなたのために瞑目して舞おう
水草のざわめきと三日月の冷たさ
夜更けの異郷での衣をうつ音が
私の影の跡を追いかけ
荒んだ私の剣術をあざける　この腕には
まだ忘れられた古傷がある
酒が酣《たけなわ》になれば夕暮れの川岸の花弁のように赤くなる

あなたも私もかつて烈日の下で尽きるまで坐ったものだ——
一対のしおれた蓮の茎　あれは北への旅の前のこと
私をもっとも悲しませた夏の脅しは
江南の女たちのたおやかな歌声
その針のかすかな痛みと糸の縫合で
私に宝剣を抜かせ
南に戻った時に剣を贈る約束をさせた……
だが、誰が予想したであろう、北方の女たちの脂粉に
斉魯の衣冠の古風、詩三百の口誦は私を
いつまでも戻らない儒者にさせたのだ

私が剣を置くなど、誰が考えたであろうか（巷の噂では、
あなたは私を呼びつづけて死んでしまった、という）
ただ籥の七つの孔だけが
なお、私の中原に至ってからの幻滅を訴える
かつて、弓、馬、そして刀剣の術は
弁論や修辞よりも重要な課程であった
だが孔子様の陳や蔡の国での御事
子路の頓死、そして子夏の入魏以来
我らは不安げに諸侯の邸宅で奔走している
ゆえに、私は剣を置いて、髪を束ね、詩三百を誦し
厳然とただ一途に正道を述べる儒者になった……

あゝ儒者よ、彼は次第に暗くなるあなたの墓地で手首を切る
もはや俠客でもなく、儒者でもない
この宝剣の青き光はおそらく、寂寞たる秋の夜に
あなたと私を輝かせるだろう
人を想って死んだあなた、病んで山水に身をおく私

その疲れた船頭は
かつて傲慢であり、実直であった私だ

一九六九年四月

訳注——「季子」は春秋時代の呉王寿夢の第四子季札のこと。延陵（江蘇省武進県）はその封地。『史記』「呉太伯世家」によると、季札が徐の国（今の徐州）を訪れた時君主がその宝剣を誉めたので献上するつもりであったが、再度徐国に来た時は、すでに亡くなっていたので、その墓前の木に剣を掛けて悲しんだという。

流蛍《りゅうけい》

上

蠍の毒液と荊の翳が
潮が退いた後の肌を蔽う
壊れた橋の東には　黒髪がひろがる
私は疲れ果てて帰郷する者をよそおい
櫂《かい》を漕ぎ

この見知らぬ河口に進む

懐には破れた星図
今宵　風ははげしく
葉陰のむこうでは酒と食事を終えて
茶を飲んでいる仇が覗かれる

中

蜜柑の花の匂い　この村は
焼け落ちて――蛙が騒がしく鳴く頃まで
霧が古井戸を包むだろう　我々は
灰燼のなかから甦り
鳥は行雲のなかに消える
静寂

私の白骨は風化し燐も乏しくなり哀れなものだ
雨の降る前後には

ひどく憂鬱で家が恋しい　そんな時にはいつも
古い館の荒れ果てた庭に蛍が一匹光る
かろやかに　羞じらいながら
私の仇の
一人娘だ　私が誤って殺めた妻

下

この物語には終りがない
鐃鈸《にょうはち》が亡き魂の
祭日に響く　桃樹はいつものように成長する

刀を研いで汗が出始めると
山すそは白く　水は波うち舟が沈む
酒は壺の底で酸っぱくなり　霜がいつものように
新しくおりると　涙が渡り鳥の群れを映す

私を悼む者たちは遠き外地に流れ落ち

鍛冶屋となり薬売りとなった

一九六九年

訳注――「流蛍」は流れるように飛ぶ蛍を指す。鐃鈸はシンバルに似た打楽器で日本の仏教の供養具や伎楽等でも用いられる。

將進酒《しょうしんしゅ》四首

將進酒、乘太白。辨佳哉、詩審搏。放故歌、心所作。同陰氣、詩悉索、使禹良工觀者苦。

――漢鐃歌第九

その一　逃走の歌

我々がもえあがる城下から逃げ出した時
君の薄くなった血は何か肯定的なものを
寒さのなかで感じたかもしれぬ
厳冬のいくさのなかで頑強な守備隊が

烈火の城壁から雪のなかへ矢を射た
瞬いているような川岸は
不満がうずまく港か
我々が敵に向かう前に一夜をすごした宿は
一本のオジギソウに変わり
酒旗は払暁の空を映さず
回航するどんな帆船も
軽い不眠症で　もう受け入れられぬ

燃え朽ちた都城からの信号は
君にはもはや関係ない

その二　忠臣蔵

果たしておぬしはやってきた　このたびは刺客ではなく
顔もかくさぬ　歌を一首繰ったといえども
おぬしはもう赤穂藩の名高き侍ではない

拙者と同じ浪人者
最後の桜花散らば
鮮血と裂帛の意気

芸妓は扇子をあおぎ将軍は山石をながめ
これこれしかじか

融けた雪が玄関に流れる
自死も切腹も江戸ではお咎めなし
酒は呑まねばならぬ　君見ずや
別れの水楼での十七字は
香を焚き血盟を交わした勇者を泣かせたであろうか？
拙者どもの真夜中の乱闘では
少なからずの柳を斬った
路地は静寂

開いた門には寒風が吹き　訪れる者は
蓑《みの》を脱ぎ　腰の刀をはずした

四更を過ぎ屋敷に仇を討ちにいくのもよかろう
暁には芝の泉岳寺に向かい腹かっさばくつもりであろう
この酒は
なお呑まずにはおられぬ

一九六九年九月

訳注——「将進酒」は漢代の楽府の旧題。多く飲酒放歌を題材とする。冒頭の「漢鐃歌」の大意は、「どうか酒をもち来れ、杯をあげよう。論議もよし、詩もどんどんひろげ、古い歌も心のままに歌え。陰たる気を同じくすれば詩は悉くできあがり、観るものは禹の巧みの苦しさを知るだろう。」

雨意《あめもよう》（Ars Poetica）

湿り気が腰の辺りから上昇し
首にひろがる
髪は
森の気候——

苔むした原野で
一羽の鳥が
扇の
繊維を飛び越えて
人を畏怖させる彼方に羽影がきえていく
あなたの袖
春の初めの墓が
なにかの誕生を暗示するように
くずれおちる
新しく表装された潑墨《はつぼく》の絵
やがて
憤怒とかなしみの
武人が私にむかってくる

訳注――「潑墨」は墨をはね散らすように使う山水画の描法。

一九六八年七月五日

秋に杜甫を祭る

林の外に広い世界が隠れているとは
感じなかった　あゝ杜公
剣南と邛南《きょうなん》で軍が様子を窺っている時
公は虁州《きしゅう》へ行き　やがて
赤甲へ移り、瀼西、東屯へ
そして瀼西へ戻り虁州へと戻られた
さすらう生涯　千二百年前に……
「公孫大娘の弟子が剣器を舞うを観る」
あなたは峡谷を下り荊楚の地へ
あゝ　途上で亡くなられた杜公

哀切な思いで　樹林の彼方の広い世界を今望むと
秋はすでに深まり　雨と雲が離合を繰り返す
千二百年前のあなたの車上　船上の旅をおもう
かつての江陵、公安、岳州、漢陽

秋の帰郷はかなわず　耒陽《らいよう》で乱を避け
霊均の郷里を探した　あゝ杜公
詩人は皆かくのごとく老いて死ぬか、急逝するのがふさわしいのだろう
今牛肉と白酒《バイチュウ》を西向きの窓に配して
新しい一首を朗誦する
あゝ杜公　哀なるかな。尚《こいねがわくば》饗《うけよ》

一九七四年

訳注——杜甫は七六六年の晩春、五十六歳の時に夔州へ移り、翌年から赤甲、瀼西、東屯へと転居した。以後戦乱を避けながら病と貧困のなかで移動を続けた。国を憂いながら五十九歳で死去。「公孫大娘の弟子が剣器を舞うを観る」は杜甫五十六歳の詩作。「霊均」は戦国時代の楚国の政治家、詩人である屈原。

林冲、夜に奔《はし》る　音による戯曲

第一折　風の声　時に風と雪の混声

あの男が馬草置き場への道をとるのを待とう

私は凬　滄州の黄昏の雪
をまきあげ——瓢《ひさご》の前に坐り
沈思する男を待つ
私は凬　あの男の前にかかげる
雪のとばりは　速やかに
しかも優しく　彼に追憶と感傷をおしえるだろう

男はなお火に向かい
我々もまだ吹きつける
滄州の今夜　なによりもはやる凬と雪
ほのかに灯る竹葉の窓に打ちつけ
科人《とがびと》をうかがう——
顔をあげた男は
寒さで酒をもとめ
瓢をみつめて沈思する

小さな銅火鉢が
おしゃべりなハジカミを焼き

男をひきとめて
鬱とした長居をさらに求める。
「天主堂の番よりもきびしい……」
まことにものさびしい空模様——我々は
そう我々は今夜滄州で誰よりもはやる風と雪
豹の頭にどんぐりまなこの好漢《おとこ》
私はきいたことがある——岳廟では
まだあの和尚が禅杖を使い、酒をのみ、仁義をむすぶことを願う由
壮士の利剣は虞侯陸謙を殺めてはおらぬ
その好漢
燕の頴《おとがい》に虎ひげの好漢は腰に利剣を佩き
謀られて節堂にはいり背中への棒叩き二十
入れ墨をされ遠方への流刑

馬草の束に吹きつけ　打ち当たって
黄土の壁を推し崩し
そなたは今夜滄州でいちばんはやる雪
おしゃべりなハジカミ、ツゲの木は

なおも燃えつづけ
焰《ほむら》の前の血気さかんな男をひきとめる
窓辺に絹の帷が掛かっても
若き妻を思い起こさせるのは難しいだろう

あの男に寒さで震えながら
酒を求めさせよう——
五里ほど彼方には街がある
すこしばかり買ってきて呑むのもいい

第二折　山神の声　時に判官と小鬼の混声

毛織の笠をかぶり雪の中を行く
槍には瓢をぶらさげた男。
かつて東都八十万の禁軍の教頭
人呼ぶに豹子頭林冲か?
半里ほど彼方にみえる男
私がいる肌寒いこちらのほうへやってくるが

その歩みははやい
すでに棒による傷はいえているようだ。
董超と薛覇のふたりが謀って男を陥れようとしたことを想う
徒《あだ》に山神となった私が
この眼で見たのだ
滄州の途上の野猪林《やちょりん》で
どれだけの男が殺められたのであろう
この山神が仔細にみている
かの相国寺で義を結んだ兄弟たちの
機を得た助けがあったおかげ　私がこの眼で見たのだ――

あの邪悪な林
夏の朝の野煙はいまだ消えず
林冲の両足からは血が滴り　道中ではふたりの護送役人に
乱暴にあつかわれた上に　木に縛りつけられ
水火棍《すいかこん》の下でまのあたりに見た
もうひとりの気高い硬骨漢……
徒に山神となり　ただあせるばかり

一羽の黄雀がおどろいてめざめ
一路おいかける粗忽な和尚が風をおこし
赤松の実が落ちる
籐の葉が切れたところには鉄の禅杖
軍の長官から出家した花和尚
肉屋の鎮関西を殴り五台山で
髪をおとし　禅堂での無作法
桃花村での大騒ぎ　瓦罐寺の火災
徒に山神となった私は仔細にみた
戒を破って　六十二斤の鉄の禅杖をもち
雷のように突如現れて
窮地で落涙していた英雄を助けた
まさにこれは「林に遇えば起ち、山に遇えば富となし、
水に遇えば興り、江に遇えばとどまる……」

林冲は私に拝礼した――
物寂しく孤独な影

槍に酒の瓢をひっかけ
身には新雪
どれほどつかれているかはわからぬ
東へと急ぎ　追い風で進む
徒に山神となったこの私が仔細に見た
風と雪ははげしく　壁の破れた二間の
男の陋屋を押し倒す
判官は左　小鬼は右
林冲の命を断ってはならぬ

林冲の命を断ってはならぬ
判官は左　小鬼は右
雪は益々降り　風はそなたに吹き
二間の壁が破れた陋屋を押し倒す
徒に山神となった私　その霊は五嶽にある
今夜滄州の軍営では必ず事が起こるだろう
あの虞侯陸謙は東都から来た厄介な男
富安と番卒頭

雪は大いに降る
林冲の命を断ってはならぬ

この男　やはり振り向いて門を開けた
槍には酒瓢箪
かなりの風雪の場――
毛織の笠を脱ぎ　私の卓の前にすわってから
冷酒をあおる　寂寥のなかの林冲
思いはいずこに?　さびしげな林冲
そなたは誰が都から来るのか存じておるか
周りには火が放たれ今やそちらにせまろうとしている
判官は左　小鬼は右
林冲の命を断ってはならぬ――今夜
あの風と雪がそなたを救う

徒に山神となった私　その霊は五嶽にある
これらすべてを私は仔細に見たのだ

第三折の甲　林冲の声、陸謙に向かって

陸謙、陸謙、雪の中を来た男
おぬしこそ陸虞侯！
もし風と雪で馬草置き場が吹き倒されなければ
もし山神の庇護がなければ、私は今夜
必ずこやつに焼き殺されていただろう――だが
廟の前で白状しよう　おぬしは幼友達だが
樊楼で私を欺いた　磨きぬかれた剣はおぬしを三日待ち
逃がしてやったのに　今やまことに千里を越えて滄州まで来て
火を放ち私を殺めようしておる
私のこの刀の一閃を受けてみよ

おもえば幼き頃
牡丹の大輪が
おぬしの庭で開き
ウキクサがゆらゆらと浮かび
山や池端は真夏だった　それに

朱砂を手元に読書するおぬし
すぐに赤面した陸謙　なぜにわざわざ
葬られるために滄州に来ておるのか?

第三折の乙　林冲の声

この林冲　一年《ひととせ》の災難が一度に押し寄せる身
今やいずこに逃げようぞ
雪よ降れ　おまえの
愛のなかに飛びこまん　颪よ
吹け　この渦から吹き飛ばせ
廟のなかには三人の首
都の鼓声は琉璃の夢を
覚まさず　槍をもって
この林冲　いずこに逃げて酒をのまん
疎林の奥深く
役人を避けて　酔いつつ
倒れて死んだほうがよい

第三折の丙　林冲の声　朱貴に向かって

一本の鏑矢《かぶらや》が葦原のなかに飛ぶ――
この林冲（若き時、志を得てその威は泰山の東を震わす）
一年《ひととせ》の災難が一度に押し寄せた
無心に見る雪　ありがたきは柴大官人《さいだいかんじん》
落ち着く先を教えて頂き　ここまで来た
水郷の宛子城　しばらく
安身《あんじん》の地をさがそう　枯れ果てた葦原は
まるで山賊となる私の心
東都の風情
鬱々と繁茂する春
鞦韆《ブランコ》の影で酒をのみ
木蘭の花の香りは残された棋局をみつめる
月の下では宝刀を薙ぎ……
（若き時、志を得て
その威は泰山の東を震わす）

第四折　雪の声　時に風、雪、山神の混声

風は静まった　私は
黙々とふる雪　男は
渡し船のうえで刀に寄りかかり遠くを望む
　山は憂い哀しんでいる

風は静まった　私は
黙々とふる雪　男は
枯れ葦のなかを潜行し　面立ちは
物悲しい　かつては
東都八十万禁軍の教頭
今や密かに船で移り
梁山へ向かう山賊
　山は憂い哀しんでいる

風は静まった　私は黙々とふる雪
渡し船からは

歌が聞こえ　葦原は切れ水は冷たく
魚龍は嗚咽する
幾許かの星が光り
男の船旅を密かに送る
梁山へ向かう山賊
　山は憂い哀しんでいる

風は静まった　私は
黙々とふる雪　男は
渡し船のうえで刀に寄りかかり遠くを望む
顔の金印は朝日に映え
記憶をなくしたかのように
白雲をみつめる
七星はここにやすみ　王倫に迫る
　山は憂い哀しんでいる

一九七四年二月

訳注――本篇は水滸伝の英雄、林冲が梁山泊に向かうまでのエピソードを元の雑劇風に四幕にまとめた作品。

禁軍の武術師範林冲は陥れられ滄州へ流罪となるが、追ってきた刺客を返り討ちにし梁山泊へ逃げ落ちて行く。「宛子城」は梁山泊の山頂に建てられた拠点。「金印」は頰の入れ墨の雅称。流罪先の地名を入れられて配流されたことを示す。

白頭吟《はくとうぎん》

時間《とき》は滞った池のように
文明の悲しみを負っている　前はいつもそう思っていた
夜　春の寒さで肌の下では決壊したかのように
激しい洪水が訪れ　やがて引いていく
私は狩猟する旧石器時代に飛びこんだ

夢の中
ハヤブサが遠くの山に消えていった
風が止んだ時　一組の黒衣の婦人たちが歩いていた
円陣になってすわりこみ見知らぬしぐさ

理屈はわからないが　きっと
戦争への恨みだ――戦争は（聞いた話だが）
私があえて新石器時代に
入るための言い訳

捨て鉢になった男が山に火をつけ
灰の下に真鍮をみつけた
一部を打ちなおして武器をつくり　殺戮をつづけた
無数の人間の耳を切り落とし　大言壮語の君主ができあがる
あとは役人に与えて鏡をつくらせ　その妻たちを喜ばせた
もう髪を梳くために水辺まで行く必要がない
この話はここまでにしよう

ところで　もうひとりの捨て鉢になった片耳の男だ
肩に流血して　その恥をそそぐために
山で十年を過ごした　採鉱と鍛冶をしながら
もっともかたい材料をみつけた
鍛えて研ぎ　酒を前に歌った

名刀の一閃は十四州を震撼させた　こうして私は
武芸さかんな鉄器時代にはいったのである

だが私が老いていった時代でもあった
誰よりも弱っていた頃
西の異国から宣教師が貢物をもってきた
ガラスでできた月光の杯　透けてきらめく花瓶
両鬢に増えた白髪をかぞえるたびに
私を辱める鏡

一九七五年五月十九日

ウェルギリウス

長髪が私の左の腕にひろがる
夜明けの風に枕するあなた
風は私の破れた薄い袖に吹き

枕にはウェルギリウス

窓辺の灯火をみつめ
ローマを想うあなたは
放浪と建国の殺戮だけでなく
素敵な田園詩を書かなければならない

聳え立つ金枝から来る風
だがここは薄墨の冬枯れの林
冬枯れの林は隠者の心をつくる
夜明けの腕があなたの枕

ウェルギリウスを枕にすると
都市が焼け落ちるのがきこえる
朝方の原野には武器が捨てられ
海には一隻の巨船がしずかに待つ

一九七六年十二月

訳注――「ウェルギリウス」（前七〇―前一九）は、古代ローマの詩人。代表作に叙事詩『アエネイス』、抒情詩『田園詩』など。

行路難《こうろなん》

君見ずや長安城の北、渭橋の辺、枯木と横槎《おうさ》古田に臥す

――盧照鄰

一台のロバ車が通りの真ん中を難渋しながら動く
私は黄土の路地の入り口に立ち　歴史をながめている
一群の影が赤壁の上で歪み
乾燥して不ぞろいに剝げおちたあたり
標語が書かれた何枚かの板に蓋われて　私がいるようだ
痩せた身で春の冷え込みに閉口している　人々は
私を押し潰そうとし　体温の落差が徐々に私の血と骨を
揺り動かした　振り向いて左右を見ると重なりあった黒い影
壁のイメージは幻影だった　見たことのない

ちっぽけな幻影の私がいた
古の秦の地で　夕陽の下で震えている私

その時　もう一台のロバ車が近づき
私の近くに止まった。赤壁のうえに
一筋の鞭の影と疲れきったロバの頭
急に起こした喧騒の中で　御者が
私の背後を指し　見知らぬシルエットが
引き裂かれた壁新聞の上に映る　遠く
遠く　聳え立つのはたそがれの宝塔

一羽の雁が自らの身を捨て　沸きあがるように塔が聳え立った
絡み合った樹木の背後　くれなずむ靄《もや》は
蒼然として　詩のような荒涼さ　功名と頽廃
悟りがたい清らかな仏の理《ことわり》　仏のため息
古の槐樹《えんじゅ》の木蔭を疾駆する一千の騎兵
堅固だった土地は踏み荒らされて灰と泥濘だ
長い鞭は収められて群集はしだいに静かになった

自転車に寄りかかって前方のまだらの赤壁をみると
私の影が傾いて標語が書かれた板の下に
延び　さらに湾曲して折れていた

彼らは背後で静かに私を値踏みして
不揃いな影をそっと数える。ロバは目を閉じ
群集はようやく小声で話しながら解散し
日常がもどった　だが私は知っている
彼らの興味は栗であり煙草であり
小麦粉、白菜、塩、ラードなのだ
遠く関外の雪、牧草、氾濫する河……
目をこらして聳え立つ雁塔を見る。
群集の興味は塔でも私でもない

君は見たことがあるだろうか　慈恩寺の塔に吹く風は凄寥として
鬼神は隠れ　詩の魂は哭いている……
塔の前で気を落として探索していると
遥か昔の年号をいくつか見つけた。朦朧となった字の痕跡

彼らはかつて連れたってここに来たのだろう
春の日にほろ酔い気分の英才たちが華麗な衣を着て
得意満面で馬を走らせ　帝《みかど》の命で作った詩篇を談じ
その年の首席合格者の家柄に蔑んだ顔で言いがかりをつけた
典拠に問題があり　韻も不自然
しかも書法もいろいろと変だ
「これがどうして一番なんだ？」
杯に口をつけながらひとりが言い　もったいぶった顔でため息をつく
寺の外では数人の黒衣の老人たちが円陣になってすわり
煙管をひややかに黄色い大地に向ける　新緑が風に揺られてそよぐ
男が地面に落ちていた絵入り小説をひろい
『羅通掃北』を自転車に縛りつける
記憶にない顔だ　老人というわけでもなく
若いというわけでもなく　楽しそうでもなく
悲しんでいる風でもない。ただひどく見覚えのある顔だが――
書物の中で思い浮かべたことがある顔
渡し舟を御し　車を引き　馬を放牧していた
昔なら飢饉から逃れ、今なら手づるを頼っていくような男

字が読め　『二十年目睹之怪現状』も知っている
工人、農夫、兵士も見た彼が　顔をあげて
驚いている――彼は私を見ていた

両鬢は異邦人のように白く　実際
千里を越えてやってきた異国の人間だ
涼しい塔の蔭に立ち
歴史の灰燼、泥、血の痕を見ている
聞こえるのは軍団が衝突する音　突撃のさけび
炎の舌が獣のように呑みこみ　建物の梁が倒壊する音
とどろく雷鳴、稲妻、豪雨、狂風
難民たちの流亡の曲《うた》

君は見たことがあるだろうか　灞水の西に黒雲がわきあがり
官道は冥くヤナギの枝は濡れている……
野の煙は水辺で別れを惜しみ
ゆらめき　離れ　再びあいまみえる
涙が沙洲に落ち　夕陽に烏たちが騒ぎ始める頃

微雨にけぶる橋梁がため息をつく
河東の自由市場もしだいに散じはじめ
人々は静かに四方に去っていった
町の集会へ　野良仕事へ
あるいは交代勤務に就くために　いやおそらく
帰宅して灯りをつけたあと　もうひとつのランプを修理して
夢の中で　新たな
醒めることのない夢を追いかけるのだ
古の姫垣を攻撃して、爆破し
炎と壊れた壁を前に喚声をあげる
やがて集合して
過ちをみとめる決議。彼らは勇気をもって間違いを認めるが
決して後悔はしない

私は憂いと悲しみの思いに沈み
真夜中になお灞水の橋のたもとに立っているのを思い浮かべる
闇に向かって別れを告げ、柳の枝を折って惜別の意を示す
微雨は天地有情の涙　道行く人々の

古びた衣を濡らした。窓を開けると
そよ風が吹き　雨はあがっていた　三月の星が
きらめき、沈黙した北の大地の上にうかぶ
中国よ！　鉄柵のゲートの前で　ひとりの衛兵が哨戒して
柳の影が延びた処で佇んでいる

深夜の庭をこんなふうにずっと眺めている
壁の外は闇の中にうかぶ屋根　空の雲は
見え隠れする新月を追う　しずかな寂寞
百里の中に眠りを妨げられているものはいない
寝返りや欠伸の音もなく　ただ
昔からの佇まいと堅牢無比の大地の上を
しずかに行き来する衛兵の足音だけだ

私はじっと耳を傾けてわずかな寝息でも
とらえようとする　古い都城の脈拍
青黒い決して消えることのない面影をとらえ
夜のとばりの彼方に黎明を描く

盤庚《ばんこう》が流浪した地平線
黄土の高原の上のかすかな火を探し求める
西伯であった周の文王が黎《り》の国を討って残された灰燼
道端の宿命の白骨は黍畑に散らばる
あれは衣を搗《う》つ杵が浮かぶほどの血を吸い尽くした大地
かつてふるさとのように肥沃だった土地はいまや乾燥しひび割れて
無数の殺戮と雷鳴の後の愚昧
傲慢放縦と冷淡の中にある
これは静寂の揶揄
新月は雲間にかくれ　星の光は
露をからかい　柳の枝は青白い　衛兵が交代し
エンジンの音がきこえたような気がした
混濁した衝突音
早朝の汽車が出発する　フックが掛かり連結する　渭水を越えて湾曲して西に曲がってゆく
だが君は見たことがあるだろうか
長安の北　渭橋のあたり
行く人はそぞろに歩き暁を願う
一千の騎兵が雄雄しく駆けた場所は今寒く

霧と煙の中
君は見たことがあるだろうか

一九八二年

訳注――「行路難」は楽府の『雑曲歌辞』の篇名で、唐代に流行した民間歌謡の一種。「一羽の雁」は古代インドの摩掲陀国のある寺で雁が自らの身を喜捨して以来、仏塔がひろく「雁塔」と呼ばれるようになった故事を指す。『大唐西域記』巻九に詳しい。「ほろ酔い気分の英才たち」は唐中宗の神龍年間（七〇五―七〇七）より進士に合格したその年の同期生が大慈恩寺附近で宴会をするようになり、後に自分たちの名を塔の壁に刻んだ故事を指す。『羅通掃北』は初唐太宗の時代を舞台にした英雄伝奇。講談、演劇の題材として知られる。「姫垣」（原文は城堞）は西安の城壁頂部の内外に作られている背の低い壁。「盤庚」は商（殷）の第十七代の王。殷墟に遷都した王として知られる。

客心《かくしん》変奏

大江《だいこう》は日夜に流れ、客心は悲しみ未だ央《つ》きず
――謝朓

静かに凝視すれば見える

天体がいかに私の前をかわるがわる通りすぎるか
数えきれない色彩がいかに私の衰弱して弱りきった心を満たすか
周囲に伝わる音が徐々に変化し、いかに力強くなることか――
競い合って射す光のそれぞれが私を制止しようとしている
心を集中しこの一切を捕らえて私の胸に集めよう
果たしてそれは寂寞か
それとも哀傷か　この瞬間、私は

大江に面し、感傷的なしぐさで風に手をふる
朽ちかけた楊柳はあたかも雷光のなかで低く頭をもたげるかのよう
だが、私は独り、時間と空間がぶつかる一点に立つ
その灰色の髪はゆっくりと暗くなる空の方向に向かってさまよい
ぼんやりとしている　だが結局全ての得失はからっぽに過ぎないことを
みとめ妥協するのだ

大江は日夜に流れる
長く捨て置いた書と剣をそそのかすなかれ
左右をみるとただ靄々とかすむ野に葦や荻が

わけもなく、頷いているのが見えるばかり　その刹那に
音と色が消える　宇宙は感動して涙をためた眼をかがやかせて
私を見て、あらゆる場所の動力の因子をしっかりと捕まえるのだ
その慣性や造物主が駆使する意志が私の
衝動的な冒険本能をそそのかさないように

欲求や希望や
あるいはそれらすべてによって
私は暗黒のなかでため息をつくことも
流されて遠く遺棄され
愛と関心を剝奪された影のなかで哭くこともできぬ
大江は日夜に流れる

一九九二年

訳注——「大江は日夜に流れ、客心は悲しみ未だ央きず」は、謝朓（四六四—四九九）の「暫く下都に使いし、夜新林を発して京邑に至らんとす。西府の同僚に贈る」（『文選』巻二十六）の冒頭句。

長安

あなたは長安の生まれで　私は辺地から来た
秋の西郊は紅葉が天を蔽って舞うばかり
消えてはまた伝わる多くの便りが近隣の坊に広がる
信じることもあり　状況が躊躇させるものならば
疑ってみる
灯火のほやにはいつも見知らぬあでやかな花の飾り
一つ一つ開いては忽ちのうちに散り　ため息をつくほどいとおしい
やがて涼やかな微風が吹く黄昏の中に散り　路地の奥に乱れて飛びこむ
それはあなたの世界　温和で脆弱で漠として
私は格別の自覚とわずかの不安をもちながら
緩急をつけて前進する　山河と州郡の境を越え
強風と雷を避けていく大旗
刺繍する手に図らずも縫い針が刺さるのが想いうかぶ
鮮血の一滴は描いたばかりの鵲《かささぎ》の左翼を染める
垂れ幕が揺れ

甦った翳が
黒髪の上で遊ぶ

一九九三年七月

訳注——「西郊」は城外の西の地を指す。「坊」は都城内の街路で区切られた区画。

Ⅲ　公理と正義

水田地帯

次の春とその次の春
私は水を満たしてかすかな雲を映す田に立っている
想像のなかで　あなたは
純白の衣裳と
壊れやすい心をもったサギ

私たちは畔のうえにすわり
背後の風下ではだれかが稲藁をもやしている
青い煙が私たちの間を抜けてゆく

次の夏とその次の夏
私はたぶんもう一度来るだろう　南風に吹かれる
稲穂の波　トンボの群れに半分隠れた空を見るために
だがあなたはその時　他の国にいて
おそらく二度ともどってこない

私たちは道路に沿って歩き
田んぼの中で開花していないのが水仙だということを知り
大笑いした　淡水河は左手にながれている

次の秋とその次の秋
彼らのために物言わぬ案山子になると決めた
でもけっしてあなたを嚇かしたりしないといっておこう
秋はあと数回
私はこんなふうに虚しく待っている

並んでバスを待つ私たち
互いにこの数カ月に聞いた話をしながら
離れた距離が近くなるのではと錯覚している

次の冬とその次の冬——
いや　実は次の冬はもう来ないことを知っている
次の冬　彼らは物言わず職務に

忠実だった案山子を燃やしているだろう
青い煙が樹林の彼方にのぼる

私たちは離れていく船の上
もう永遠に再び見ることのない水田地帯に向かっている
これが愛ではなく幻想であることを示すために

一九七七年二月

ゼーランディアの砦

一

彼方はもう焼けつくような蟬の声に埋まり
石段の下から見上げると　屹立する広葉樹は
広がる颪の蔀《しとね》
巨砲には錆　硝煙が疾走する歴史のなかで
俺はどんな風に女の新しい藍の衣を

冷静に踏みにじることができるだろう

輝きを放って俺をひどく喜ばせるものがある
ちょうど欧州の長剣が反転した襟元を
大胆に裂く時のように　我々は階段を上がり
軍中には鼓声が響く　俺が
女のあの十二の並んだ釦を外すと
迎えてくれたのは、黒子で分かる馴染みの
涼しい乳房
敵船は海上に並び
俺たちは雨を避けるために汗を流す

二

敵船は夜明けの攻撃準備に忙しい
我々は汗を流して防御を固める
一対の枕が大砲の台座になり
蟬の声が次第に消えいり　亜熱帯の風は

波打つ床を叩いてさわがしい
おまえはもともと異郷からきた水の獣
こんなにもなめらかで清冽だ
その手足は俺たちより長い

声は澄んだ清らかさ
城壁が崩れ落ちる時の助けを呼ぶ叫びは
乾いた井戸のような虚しさ
身を伏せる時はいつもおまえの
空っぽのこだまが続く

三

巨砲には錆　硝煙は
散逸した史書のなかを飛んでいく
俺は苦悩しながらお前の腰を愛撫する
一群の緑のつややかな広葉樹は再び
横たわった俺に名前をつけられるのをゆっくりと待つ

望楼の位置から眺めると
それはおまえの傾いた首飾り
ひとつひとつの真珠がそれぞれの戦い
樹上には銃眼が多く並ぶ

心をゆさぶるオランダは俺の硝煙の
抱擁のなかで風車のように揺れ動く

四

沈黙のなかで数えながら
新しい衣の十二の釦を外す
ゼーランディアの砦では、姉と妹に
容易にはだける一着の夏服——しかも風は海峡から吹き
開いた胡蝶の襟をかすめる
俺がさがしていたのは香料の島だったが
眼の前に昇って現れたのは

まだ　残酷な薄荷の香りのする乳房
フォルモサの島よ　俺はその涼しき風の吹く辱に
横たわるために来た
フォルモサの島よ　遠くから植民のために来た俺だが
もう屈服したのだ　フォルモサの
島　フォルモサの
島

一九七五年一月

訳注――十七世紀に入り貿易調査のオランダ船が安平（台南）の台窩湾に来て、一帯に砦を築いた。この砦は一六二七年にゼーランディア城（Zeelandia）と名づけられ次第に台湾統治の中枢部となった。

禁じられた遊び　1

昼時
網戸の外の葉が軽く揺れ

計りがたい大ロマンスにゆれる
（G線はむずかしいわ　と言った彼女の髪が右肩でなびく）
俯きながら薬指を苦心して伸ばしてグラナダの音を出す
窓辺でロザリオを詠唱している尼僧が頭をあげると
遠くでゆっくりと放浪の男が馬で過ぎていく
馬の歩みはのんびり　地平線に消えるまでに
彼女は十二個の数珠を数えた。ロルカはそう言った

牧場近くのパパイアが
早くも実を結んでいる。昼時の雰囲気は
静寂が連なっているかのようだ
この十二年間ずっと静止している――
彼女はやっとG線が使えるようになり
あの素敵な音色が出るようになった

私には聞こえる
センダンが成長して
その実の落ちる音が　初めは

地表に落ちるまでが一瞬だったが
七年後、そして十二年後に距離がしだいに延びた
(私たちはそれを春の雨脚で計ったが
その時間の隙間に私は堪えられそうにない)
センダンが垂直に五線譜をつらぬくその刹那と刹那
低く苦しく　更に低く苦しく
落ちる音

結局、地表に届いた。彼女は顔をあげて
私をかなしそうにみつめ　網戸の外で軽やかに
揺れているみえない葉を聞く――昼時
白猫が一匹バルコニーで寝ていた
階段の前に溜まった去年の冬の枯葉
私たちの心にも何年も前の枯葉が溜まっている
「G線がやっと弾けるようになったわ」と彼女が言う　「ほらね――」
微笑みながら　薬指で草原のなかのように
グラナダの風を起こした
詩人はドアを開け通りの真ん中に出た。昼時の静止した時間

突然一連の銃声が炸裂し、ロルカは
言葉を失ったままそこに倒れる

人々は何があったかと窓を開けて
パンジーの鉢植えをたくさん倒した
やけつく陽射しの下に地をおおうセンダンはオクターブ低くなり
沈黙のなかで短命の大ロマンスがおわった

一九七六年五月

禁じられた遊び　2

どこか遠い所　紅葉のはじまった楓林の彼方
新鮮な雨で河があふれる
私には聞える
互いの息を確かめ合っている鱒の群
秋の盛りと物寂しさをしらせる夕暮れの靄《もや》

ただ　静寂の気はあらゆる音よりも大きく
さらに厳粛だ——どこか遠い
遠い所

時間の問題をもう一度考えさせてほしい。「音楽は——」
五線譜の上に左手をおいてあなたが言う。「もともとただの
時間の芸術にすぎません。空間の芸術ってあるでしょうか？
時間と空間を合わせたものは？　それに……」
それに時間と空間と心を統一して
飛翔する喜びがある
私は楓林と夕暮れの靄の彼方
静寂を前にした
あの新鮮な雨で満ちた河を
ときどきながめよう

あなたは時には　私の足跡を見つけることができないだろう
（たとえどんなに苦心しても）時には
夜の帷がゆっくりと谷に下りる時

ラッパが砦の中に
高らかに響く　私には
死と永遠の生に向かう道がある
あなたもそれを見つけられるかもしれない　幻の草原で
夢の境で
涙と血のなかで

これが死者の歌だとは信じられない
単純で　心をうつ伝説のなかで浮かんでは沈む
うわさへの伴奏（ラッパが砦の中に響く）
町の周囲で騎馬隊の蹄の音が響き
次第に近づいてくるまで　人々は車座にすわり
じっと聞いていた　やがて
無邪気に散っていった

「時間と空間と心を統一する
喜びはあります」　詩人が言う――
「飛翔して揚がっていく喜び」

どこか遠いところで
河が新しい雨であふれている
しかも静かだ
私には聞こえる
更に寂としてあらゆる音よりも響き渡る気配と
ゆるやかな怒りはほんとうだ
小さな喚声は　夢と記憶の境でおこり
涙と血にまみれている

あなたはあの現実を忘れられるだろうか――
葦の準備　星と木のささやき　月と海の
仕事のあと――どのように街路
果物　酒を忘れられるだろう
（たとえあなたが
可能だとしても）私には無理だ
紅葉がはじまった楓林に入っていく時
あの銃声が引き寄せた死と永遠の生
私には想像もできない

これは死者の歌　単純で心をうつ
伝説の中に浮かんでは沈む
うわさへの伴奏――
ラッパが砦の中に
響く

一九七六年九月

禁じられた遊び　3

グラナダの
大いなる慈しみをわすれない
あなたたちの言葉と痛み
緑の風と緑の馬
言葉と愉しみ――折々の愉しみ
――河辺で目覚めた森の彼方で

小さなロバの蹄《ひづめ》の音がワインと収穫のなかで響く

彼女はあなたと話したがっている　多音節の言葉で
（手真似でも）話したがっている
教会への道を聞いているのだ
彼女がその若さで
グラナダの宗教を理解しているというわけではない
聖ミハエルよ　この善良で
好奇心にみちた少女を
守り育てたまえ

彼女が鐘の音に聞き入っている時
歴史の更なる深い嘆息を聞かせたまえ
教科書のめだたない個所
オリーブのステンドグラスの裏に記載されている――
農民の汗
兵士の血
彼女に河辺のイチジクの木立のことを知らせたまえ

砦の守備隊からは風が吹いて
日曜日に家を出た少年を迫害した
(彼の愛はその帽子とおなじように純潔で
ロルカのあたらしい詩を暗唱できた)
少年は農民の汗も兵士の血も
流すこともなく　美しいイチジクの木立の下で
死んでいた

彼女にこれらのことを聞かせたまえ

そうしてあなたは彼女を私に返すことができる
過激な異教徒
私たちは冬のあいだずっと
修辞と言葉の意味を学ぼう　その後
修辞と言葉の意味を忘れよう　私たちは
春の季節　旅をして
夜には宿でグラナダの
神話と詩を議論しよう。

そして野外調査と面接
長い夏休みには
民謡とことわざを集めて過ごそう。秋は
紅葉の窓辺で農民の汗と兵士の血を
処理している私たち
小さなロバのひずめの音が
ワインと収穫のなかで響く

あなたはこの善良で好奇心にみちた少女を愛するようになるだろう
聖ミハエルよ　その
大いなる慈しみをわすれない

一九七六年九月

禁じられた遊び　4

冷ややかな陽光が雨樋《あまどい》を照らす

静かだ——人々は皆朝刊をよんでいるだろう
朝の静寂を壊すほどの驚くようなニュースはない——
蚊やブヨがふらふらと幾筋かの光跡を残し
のんびりと飛んでいる。颪はない

私はグラナダの隅に坐り
詩人の流血した心について考えている
酒場の角には一本のギター
昨夜の薪木の余熱がのこる部屋
ひとりでつぶやく「音楽はせいぜい物語の装飾
メロディやリズムも皆そうだ」
音楽が失われる時（たとえば今のように）
物語はなお続き　英雄は生き生きとしている
かつて一度別れをつげた人もまだいて
花園で髪を梳いている

もし音楽が愛の定義としてもっともふさわしいのならば
愛は生命《いのち》の飾りにすぎないのではないか？

私は考えている　街路の中央でハトが数羽エサを求めて路面を啄ばんでいる
かつて流血の場になった所
「愛。愛が失われた時（たとえば、いまのように
あるいは明日、いつの日か）
まだ生命は続くだろうか？」
愛は生命のすべて、というものもいる

グラナダの縁に坐り
私は考えている
街路のむこうからロバが一匹
後ろにはぼんやりした目つきの男――
昨夜彼は六つのうわさを流した。だが
「愛が失われたとしても、生命は全うできなければならない」
私は喜んでこの結論にとびついた
英雄はまだ山歩きと爆破を学んでいるだろう
たとえ彼が異郷で戦死したとしても　あるいは
朝の騎馬隊に処刑されたとしても
その一度躍動した命はグラナダより更に遠いところで生きている

かつて別れた人もまだそこの
花園で髪を梳いている

私はこの結論に満足して
顔を上げて冷ややかな陽光が
雨樋を照らすのを眺めた
テーブルを押して立ちあがると
誰かが部屋の隅のギターをとり
遠い遠い所の大ロマンスを再び歌いはじめた
私は嬉しそうにハトが啄ばんでいるところに出ていく
ロバの男（彼は昨晩すでに私についての六つのうわさを広めた）は
ふりむいてぼんやりした目つきで私を呼んだ――
ギターの音が突然止み
銃声が聞こえた……

一九七六年十月

花蓮

窓の外の波音は僕と同じ年代
戦争の前夜
日本が台湾を統治していた末期に生まれ
彼も辰年
気性も似ていて
互いにあまり大切でもない秘密をもっている
夜中に目が醒めると彼の話を聞く
別れたあとの想いや境遇についてだ

彼のいくつかの物語はひどく誇大か
あるいは瑣末過ぎるので
君を起こさなかった
それに寝ていたようだ　しずかにね
明日もっと面白くて　感動する話をしよう

彼は僕と同じ辰年で
心は広く　洞察も深いが
僕にくらべると気分や考えの
変化を抑えるのが上手だ
午後彼は静かにバルコニーにおしよせ
君をじっと見つめる
（僕に凭れて笑っている君は向こうを
見ているつもりだが　実は）向こうが君をみている
なぜって僕らの故郷でいちばん君が美しく
一番素敵な新婦だからだ

夜が更けた　深夜
君は深く眠り　手すりのむこうからは
囁きが聞える「おいでよ
話があるんだ」
君から離れたくないので
ふりむいてその余韻のある声に耳をたてる
戦後いっしょに習った「ボポモフォ」の

台湾風の中国語でゆっくりと慰めるように話す声
涙をおもわず流す花蓮の人間に　彼が云う

「感傷的になってはだめだ」
「泪は人のためで自分のために流すものじゃない」
波は岩場の岸にうちよせる　いつも
秋はこんな風だ　「君は
僕のように心を広くもって　深い洞察ができなければいけない
戦争は僕らを変えはしなかった　だから
どんな挫折にも負けてはいけない」

彼の言葉のいくつかはとてもきびしく
張り詰めていたので　君を起こさなかった
よく寝ていたよ　静かにね
明日もっと面白くて
感動する話を君にしよう

眠っていてほしい　君を起こすには

しのびない　故郷に君を連れて帰り
喜びのあまり秋の深夜にうねる波の音のなかで
涙をながす　そんな僕を見られるのはいやだ。
明日　小さな秘密を
いくつか教えよう　そう彼が云った
僕らの故郷でいちばん美しく
素敵な新婦は君だからって云うんだ

一九七八年十一月

ある人が公理と正義について私に訊ねた

ある人が公理と正義について私に訊ねた
丁寧で整った字で書かれた手紙で
他県の小さな町から投函され
実名と身分証の番号
年齢（窓の外では雨が降り、芭蕉の葉と

庭壁の上のガラス片を濡らす）本籍、職業が
明記されていた（庭に積み重なった枯れ枝の上で
黒鳥が羽搏いている）明らかに
苦慮しながらもその大切な問題に答が
見つからないようだ　彼は思惟することに長けているし
その文字は簡潔で力があり　造りもよい
書体もできあがっている（黒い雲が遠い空に伸びている）
朝晩　玄祕塔碑《げんぴとうひ》の大字を練磨して　小学校の時の
実家は漁港の裏通りの立て込んだ公営住宅
大半の時間は母と一緒だった　恥ずかしがり屋で
敏感　台湾風の中国語も大丈夫だった
いつも海の上の船や白い雲を眺めるために
高いところに登っていたので日焼けした肌になった
薄い胸には孤独な心が
宿っていて　彼はこのように書いている——
二十世紀梨のように早熟で脆弱

ある人が公理と正義について私に訊ねた

濃いめのお茶を前に　なんとか理解しようとした
どうすれば彼のしっかりした証拠を抽象的観念で
解体させられるだろう　多分先ずその立脚点を否定し
その精神構造を攻撃し　その資料の集め方の間違いを
批判しないとだめだ　そして反証によって論述を弱めよう
その述べる事一切が皆偏見であり
識者が批判する価値もない事を指摘しよう　窓の外では
雨音がますます大きくなってきた
雨水が屋根から激しく流れ落ち　家の周りの水路を
満たしていく　あゝ　二十世紀梨のことだった——
彼らはこの島の高山地帯に
華北平原に似た気候をみつけた
肥沃で豊かな処女地　そこに郷愁と癒しの種が持ちこまれ
埋められ　発芽し　成長し
花が咲き実を結んだ　書物にその名がみえないフルーツ
哀切なその形　色合い　香り
ビタミンCのほかは栄養価値が不明で
何を象徴するかわからない

戸惑いがちな彼の心を除いては

ある人が公理と正義について私に訊ねた
どちらもシンボルは要らない——皆
現実であり現実に基づいて処理すべきことだ
書き手は思索と分析に長けた人だ
経営学を一年学んだあと法律を専攻　卒業後
半年間補充兵として服し二度司法試験を受けた……
雨が止んだ
彼の経歴　怒り
難詰と告発　どれも理解できないものだ
なんとかして濃い目のお茶を前に
理解しようとした　試験のせいで怒っているのでは
ないはずだ　彼が挙げている例に入っていないのだから
もう少し高次な問題を論議しているし　簡潔で力強く
区切りは明快で　その要旨は人を茫然とさせる問いかけの
連続である　陽光が芭蕉の樹の背後から草地に入り
枯れ枝が光る　虚構では

ありえない　生暖かい空気の中で
ひどい寒気の塊が残っている

私に訊ねる人がいた
公理と正義について　彼はクラスの中で
一番整った服装をしていた　その母は町で
洗濯女をしていたが――母は彼の記憶では色白で
涙を流している時も　いつも微笑んでいた
彼女の両手は永遠にやわらかく
清潔で　ランプの下で彼のために丁寧に鉛筆を削っていた
彼自身よく覚えていないと言っているが
夏の蒸し暑いある夜　父が大喧嘩をしたらしく
(故郷のなまりのある興奮した言葉だったので
血をひいた一人息子でさえまったく理解できなかった)
そのまま家を出て行った　おそらく山の方へ行ったのだ
華北に似た高地性の気候のなかで開墾し
新しく導入された果実　二十世紀梨を栽培するためだ
秋風の吹く夜　母は彼に日本の童謡を教えた

「桃太郎の鬼ケ島奮戦」　半ばうとうととしながら
母が古い軍服を鋏で解き袷《あわせ》のズボンと
綿入れの上着にするのを見ていた
便箋のうえに濡れたあとが二箇所　彼の涙
ちょうど壁の下の雨でできた大きな濡れ跡のようだ　遠く見ると
天も地も啼いていた
季節も方向も超越する重要な問題のために　啼いていた
虚偽の陽光で困惑を蔽っている

私に訊ねる人がいた
公理と正義について　軒下に奇異な蜘蛛が
虚偽の陽光のなかで逆さにぶら下がり
くるくると動いて網を伸ばしている。長い間
私は冬の蚊が網戸の下のプラスティック桶の周りを
黒雲のように飛ぶのを見ている
私は長い間このような明快で詳細な記述を
聞いたことがない　彼は冷静に自らを分析する――
「私は何処に行こうとも　生まれた地にはいつも郷愁を

もっています　ちょうど私の痣《あざ》のようにです
ただその痣は母からのもので
両者に関係のないことは認めなければいけません」と書く
いつも海岸に立って遠くを見つめる彼　霧と波のむこうに
更に長い海岸がつづくそうだ　高山　森林　大河
母が見ていない場所　それが私たちの
故郷　大学では現代史は必修だったので標準の答案を
丸暗記した——言語社会学を選び
労働法、犯罪学、法制史で優秀だったが
体育と憲法を再履修した。彼は例を挙げて論証することに長け
推論、帰納ができた　私はこのように経験と幻想に満ち
冷静かつ尖鋭な語気のなかに
情熱と絶望が溢れている手紙をもらったことがない
その果てに情熱と絶望が完璧に均衡したなかで
慇懃に私に公理と正義について訊いている

ある人が公理と正義について私に訊ねた
付加も削除も要らない完璧な書面

涙の痕は干上がった湖のようだ
暗い隅で互いに沫《つばき》をかけあって死んだ魚たちは
わずかな骨を残している　彼の成長する知識と決断からは
血が流れ　まるで砲火に晒されて
孤立する砦から放された伝書鳩のようだ
それは疲れた抵抗者たちの僅かばかりの希望をつなぎ
息がつまる硝煙を貫いて
焼け焦げた黄楊《つげ》の梢を越えて羽搏き
機敏に廻りながら増強した兵営にまっすぐ向かう
だが急ぐ途中で不意の流れ弾にあたり
衝撃の響きとともに千切れ飛び　羽と骨と鮮血が
永遠に消えゆく空間を満たす
そうして容易に忘れ去られるのだ　私にはわかる
彼のかすれた声のわけが
曾て荒野に入って泣き叫び
暴風雨の中で絶叫し
歩調を数えて歩く彼は預言者ではない
預言者ではなく　先導者を失った使徒——

彼の薄い胸はふいごのように膨張し
その心は高温のために溶け
透明で流動し空ろになっている

一九八四年一月

訳注――「玄祕塔碑」は唐代の書道家柳公権（七七八―八六五）が大達法師のために揮毫した墓碑。「新しく導入された果実」とは台湾で在来の梨の木に日本からの穂木《ほぎ》を接いで栽培したものと思われる。「互いに沫をかけあって死んだ」は『荘子』「大宗師」の「泉涸れて魚相ともに陸に処り、相呴《く》するに湿を以てし、相濡《うる》おすに沫を以てす」に基づく。

十二星象のエチュード

子《ね》

疲れ果てて
俺たちは深夜を待っている　形の無い深夜
子供の時のように

通りを三つ隔てて伝わる
鐘の音

振り返って久しぶりの牡羊座に挨拶
夜の平原をゆく歩哨のように跪き
北に向かってまっすぐに進む
ルイーザ　俺がおまえの逞しい肩を崇拝するように
どうか大地の神に向かって礼拝してほしい

丑《うし》

NNE3/4E　ルイーザ
四更になった　さきほど離れた半島では虫たちが鳴き
俺は牡牛座の姿勢であの広がった谷を
探索する　もう一方は竹林だ

飢餓がふたつの戦線で燃えている
四更になった　おもいがけなくまだ車両のライトが

断続的に静かに光り
おまえの中空に挙がった足を照らす

寅《とら》

双子座の夜明け　聞け
憤怒で湧きあがる大地の涙を
聞け　匍匐する相棒よ
不潔な瓜
聞け　東北東の北寄り
爆発する春　焼夷弾　機関銃
朝霧を切り裂くヘリコプター

あゝルイーザ　ペルシャの絨毯がおまえに何を言ったのだ
泥濘《ぬかるみ》は俺に何を言ったのだ

卯《う》

東を向くんだ　蟹座が
その多足の淫蕩さでさまざまな秋の色合いをみせる時
Versatile

俺の変わりようは思いもよらなかった　ルイーザ
服に刺繍された原野の模様が
女の赤ん坊を夜の帷《とばり》のように呑みこむ
俺は虐殺し　嘔吐し　泣き　眠る
Versatile

俺とともに東に向かって罪を悔いてくれ
春が来てせせらぎと死の床を越えて
駆ける野ウサギにむかって
どうか感覚のすべての愉悦で証言してほしい
Versatile

辰《たつ》

西には獅子座（ESE3/4S）
東には伝説のなかで時おり現れる龍　今
俺たちは完全な裸体で
狂喜する呻きを肯定できるだけなのだ

東南東の南寄り　ルイーザ
最も血を流しているおまえは
俺が観測する
蝪座の中で
最も婉曲で
苦しんでいる二等星だ

巳《み》

あるいは朝露に濡れたおまえの花を残しておいてくれ

午《うま》

ルイーザ　岸辺を駆ける
風の馬
食糧は腐った貝
俺は名前のない水生の獣で
もう長年横たわっている　正午の天秤座は
西半球のあのあたり　もし俺が海外で……
ベッドの上なら　綿花が一面に揺れ
尊厳の失われた死体が浮かぶ河　その上に天秤座が昇る

ひずんだ風景を俺の鼠蹊部が
支える　新星がちょうど南に昇る
俺の髪と髭は一枚の貝殻より
重くなれるか？　ルイーザ
おまえが南を向いて跪いた時の匂いが好きだ
ちょうど向日葵が時間と共に動き
奇妙な曲がり具合を希うように　あゝ　ルイーザ

未《ひつじ》

「俺はおまえの一番豊かな酒倉になるぜ」
午後の蠍座は旧大陸の陰に
沈む　丑の刻の牡牛座のように興奮して
俺は湧きあがる葡萄を吸いこみ押さえつける

湧きあがる葡萄
収穫の笛の音はすでに西に偏り
ルイーザはまだベランダで鳩に餌をやっているのだろうか
西に寄れば　劇毒の星座
どうかあいつの長い髪で俺を蔽ってほしい

申《さる》・酉《とり》

もう一矢飛んできた
四十五度南寄り
騎馬の射手が清らかな月を抱えて倒れ落ちる

昇れ　昇れ　猿のように昇れ
俺は江河の岸辺で哭く樹
山羊座のためらい
太陽はもう真西

戌《いぬ》

WNW3/4N
七つの海の水で俺を満たしてくれ
初更の喧騒が広場を襲う
小雨が俺たちの小銃に降る

亥《い》

ルイーザ　アメリカの全ての優しさで
血を傷つけた遊魚　この俺を受け容れてほしい
おまえもまた汚れた都会で腐乱して

死にゆく輝ける魚　ルイーザ
オリーブ園で復活して俺のために
どうか俺のために横たわって振り仰いでほしい　二更になった
霜のおりたオリーブ園
俺たちはもう多くのことを忘れた
汽船が毒にあたった俺の旗を持ち帰る
雄壮な鷹が末世に死肉を求める鳥のように空を旋廻している
北北西西寄り　ルイーザ
凱旋した時
その裸体の上で冷たく硬直して死んでいる俺を見て
おまえは叫びをあげることだろう

一九七〇年

訳注——「星象」は星の明暗、形象等の様子を指し、人事の吉凶禍福を予測するために使われた。「NNE3/4E」等は方位を百二十八にわける場合の表記法。

Ⅳ　旅の記憶

九月二十七日のエミリ・ディキンスン

エミリよ　エミリ
どうか私のイチジクの木への情熱をゆるしてほしい
秋雨の降るこんな午後に出会い
枯葉散るあなたの門前に佇み　不思議な
幾何学的な水影《みずかげ》を眺めている
タバコを喫い顔をこすり、松を数えながら――エミリよ
エミリ、どうか私をゆるしてほしい
ゆるしてほしい　あなたの
羞恥と死に
怒り　疑い
街や伝統や書籍についての
さまざまな情緒について興ざめしたことを
秋はあなたにとって好ましいものだ
路を横切った教会でまた一枚のタイルが剝落する時

秋はあなたにとってまさに蛇の啓示
たそがれにきらめく未知の永遠

秋はあなたにとって
好ましいものだ
階上のつもった塵　階下の告示は
車が疾走する国道二〇二号の踏切にすでに譲っている
まるで一幕の悲しい歌劇が
雨でとりやめになったように

一九七〇年九月

輓歌《ばんか》百二十行

今　大いなる静寂あり
静寂のなかに黒い一点
不断に冷たい一点

黒　私にはわかる
瞬く間に私たちは
七色が重なり
融けることのない氷点に
入るだろう
私たちの思いは翳りの中で氷結し
感情は凝固し――酷寒のなかで安穏とし
黒い静寂のなかで安穏としている
静寂　私たちはもうふたたび
探索したりはしない
黒潮の流れで海底が急に温かくなる時
あたらしく生まれた貝が
貝殻という監禁に反抗するようなことはしない――
突然あたたかくなっても
私たちはおどろいて
時間が回る速度を
計ろうとしたりはしない　きのう
今日の夕べ　あしたの朝

私たちは
野卑な蕨《わらび》に哀しみ
酷寒のなかで安穏とする
酷寒の静寂　永遠の
暗黒――雪解けの蕨のように
蚊やブヨの賛美に
耳を傾けることはできない
森の一角で
このように好奇心に満ちて奮いたち
芽が成長して時間の循環に
参加する　きのう　きのう
きのう　きょうの夕べ　あしたの朝
このようにとまどいながら体験して
血肉が崩壊するにまかせる
時間の歯車のなかでだ
月光の下　まるで一匹の地鼠《ぢねずみ》のように
こっそりと歩み
不毛な瓜畑で躊躇している　だが私たちは

忍び足で乾燥し荒れた丘を
さがしまわる地鼠にも
およばない　彼らは　穴を陶《うが》ち復《あな》を陶ち
交尾生殖し　仲良く
たがいに野卑に
親しく寄り添う
満月には井戸のほとりや
家のそばの空き地を忍び足で過ぎ
自らは音もなく滑らかに歩き
祖先から受け継いだ誇りを感じている
私たちは思想と感情の硬化に
安穏とし　刺すような酷寒のなかで
一点の黒にすがりついている
まるで境界線を越えた盗賊が通りすぎた後の村で
最後の門壁が雪が舞い散る中で
燃え上がりまさに
くずれおちようとしている時のように　だが
私たちは焼け落ちる村にも及ばない

かつて彼らは守備のための斥候を送り
防備を施し
天誅の防衛線に配置して
それぞれの不惘な拠点で
血戦を行った　たとえ
その時　刺すような酷寒のなかであってもだ
それは一点の黒い光りにすぎない
高く聳えて　崩れかけた最後の
門壁　私たちは燃え尽きた隕石が
地球の経緯の座標に
こだわっていることにも及ばない
草原　沼沢　砂漠
高山であろうとたとえ
火炎を曳き急速に落下している時であっても
大気を切り裂き
一瞬の奇蹟を創造し
恋する少年に願いを
追いかけさせる——やがて荘重に海に落下し

しかも完全に冷える刹那
飛沫の花を跳ね上げる　あたかも
鯨が底暗いなかで
仲間を呼び捕鯨の
火砲と槍を防ぐように
そうだ　私たちは絶滅しようとしている鯨にも
遥かに遠く及ばない――
私たちは思想と感情の硬化に
安穏とし　鯨たちは夏の
ベーリング海峡で　高らかに
交配の相手を求めて繁殖する
陽光が南にうつり水温が下がると
彼らは北極圏の外に集結して
南方の水域に向かって旅を始め
その間に成長する　秋の
メキシコ湾でやすみ
冬をすごす　だが多くは傷つき亡くなるのだ
ただ希望はある――

いつもいくらかの希望が彼らにはある　だが
私たちは消沈と悲しみのなかだ——彼らは春がくると
しめしあわせて北回帰線の上で隊列を整え
定められた運命のように
北方へもどる　捕鯨の火砲と槍を
やりすごし　残された命で
高らかに交配の相手を求めて
繁殖する
壮麗な循環
偉大な意志が
その循環をつなぎとめる——
ああ　意志よ　艱難困苦の
宇宙のなかで堅持された意志
暗黒の海底
瘴気に満ちた森林
月光の下の瓜畑
掠奪者の雪原
高い空　危険な

水域——あるものは生き　あるものは死ぬ
いつも新たな順序で
きのう　きょうの夕べ
きょうの夕べ　あしたの朝　ただ
私たちだけが酷寒のなかで
七色が重なった氷点に結局安穏としている
思想が凍結し感情が凝固するのに任せ
大いなる静寂の中心
その黒い一点で安穏としている

一九七七年九月

海岸七畳

黒潮がおしよせる海岸で
私たちは憩い生活する場所を見つけた
(君は二本の鞭と剣、そして槍で

長い流浪に付き従った）
渓谷と草原を見下ろす山腹で
私たちは高木と果樹　武芸を修練するための庭
そして書斎をみつけた

嬉しいことに
黒潮がおしよせる海岸で
陽光よりもあかるく　雪よりも清く
風や雷よりも勇敢な生命《いのち》を
みつけた　北極星がこれらすべてをみていた
どの方向からも凛として高く
喜びに満ち力強い

カモメの羽搏く翼よりも速く
流れる氷山を越え
黒潮がおしよせる海岸で探索する
心の伝説　血の伝説
青い海草と珊瑚の神話

私たちの手のひらに
生命の壮大な暖かさと輝き

ときどき私には判る　君の眉目の間に好奇心と
期待が満ち溢れて清らかさと
強さにひかれているのが
黒潮がおしよせる海岸で
濃霧の彼方　巨大な鯨の花園で
定期船がまわりみちをして
まっすぐ私たちの故郷　台湾に向かう

君がしっかりとその細い手を握り締める時
もともと黒帯二段の腕だが
いまはその綺麗な短髪をゆったりと梳く
あるいは幼子《おさなご》の服を
黒潮がおしよせる海岸で折りたたむ時　やはり
大きな船が一隻自慢げに錨をあげて
錨をあげて　まっすぐ私たちの故郷　台湾に向かう

すべてが落ちつきまとまっている
きちんと整理され　鉢植えの花には水をやり
テラスのリスたちには十分な餌
鹿谷郷の竹杖を手に路をわたり
たくさんの郵便物をもちかえる
黒潮がおしよせる海岸で
弟からの航空便を開いてよむ

その頃には陽光も更にのびて
君の庭と私の書斎にみちあふれ
春はもうすぐ　私たちの次の世代は
さらに満たされて落ちついた生活ができるだろう
弁論にたけ頑強だ
黒潮がおしよせる外地の海辺で
生まれた子であっても

一九八〇年一月

訳注――タイトルは中国でかつて離別の時に歌われた「陽関三畳」という曲を意識したもの。「鹿谷郷」は台湾南投県西南部の行政区。

浜辺から戻って

暮色が浜辺から戻ってきた
夏は岩礁の中に隠れている
海原のなかで、夏は依然自分の名前をささやく
僕は思いを寄せざるを得ない
季節の移り変わりの秘密、時間の停滞
それに、歳月の真偽の問題に――
時代の循環によって出来た傷、そして聞こえてくるのは
俳優たちが雑踏の中でバスに乗り込み
何人かの臨時の役者たちが道具を片付けている音
歴史は血と涙の物語が繰り返されるのを許さぬ
この感動的な劇はとにかく日が暮れる前に

終わりを告げなければならない
そしてまたこの時間僕には聞こえる
兵営の中の黄昏のラッパが遠い不安げな海潮の音に蓋をするのを

一九七八年九月

秋の探索

庭バサミが窓の外で響くのが聞こえる
するどい音が心地よく風のなかにひびき
朝の光は草木の上に高く低くそそぐ
顔をあげて外を眺めた　お茶が気になるが
音のありかを探してみる　壁の上の日陰は「凍頂」の色
庭バサミが無造作に生垣や小さな樹のなかに
入る音が続き　やさしく追いかける殺戮が続く
身を乗り出すと音はますます大きく
周囲から聞こえ出した

庭師のかげはみえてこない
ブナの木は真紅の実で満ち
カエデの老木は葉をおとしかけている
苔むした小道のうしろには熟した葡萄棚
枯れ枝の束がふたつ置かれ　松の下の
ほとんどの菊の花はもう蕾《つぼみ》を孕んでいる
私は庭にはいり探してみた　壁の中にも外にも庭師のかげはない
ただ　朝の涼しげにかがやく風が一杯の茶のように吹きすぎる
ハサミはもともと彼の道具にすぎない　彼だ
彼こそが季節の神で　おなじ鋭さと根気で私を試している

一九八五年十月

訳注――「凍頂」は台湾南投県鹿谷郷で産する烏龍茶。

樹

漆黒の空間で僕たちは手探りし
指先が一本の臆病な破線の前に曝け出された
時が行き過ぎる道か――
既に赤黒い斑点にそれは侵されているのではないか?
僕たちは互いの呼び声が聞こえない
ただ近くには明暗を感じ
強い心臓の鼓動が続いている　あたかも
何かが夢のなかで成長しているかのようだ
緑の繊維の樹
僕は知っている　君は今　年輪の渦の中で
衣は解け　躰はくねり瞬く間に頭が沈み
狂喜と痛苦の磁場に沈んでいく
――植物の本能で探索し、分散し
なお果敢に心と躰の不滅を信じているかのよう――
ついには美しいアメーバのように浮遊し

夢のなかで揺れ動き押し合い纏わりつき
たがいの灼熱の酵素をすすり
しかも透明で
華麗だ

一番素晴らしいのは夜明け前に無心に広がり
すべてが清らかな大気のなかで波動し
空間と時間が偶然交わった一点で
位置を決め場所を占めていく時だ
やがて　僕たちはそんな神秘のなかで
まるで　太古の自然が従う玄妙な哲理のように
暗闇のなかで互いに向かって動き　近づく
透明な内実と　その華麗さ——
一対の慌ただしい染色体

あるいは太陽が天頂に昇り
さまざまな光の襲撃のなかで僕たちは
陽光に晒されゆっくりと凝固し

血管と骨が形となり
皮膚が暖かくなり毛髪が豊かになり
遂には互いに向かって声を発し
vice versa 合図をしようとする　そして
微笑むこともできる　善良な人類の男女が
強烈な関心と猜疑と嫉妬をもつように
遂にはびくびくと警戒する
あるいは僕たちは余りにも速く進化し
かつて知っていたことを忘れてしまったか？　僕たちが
漆黒の空間で手探りする時　指先は
時の行き過ぎる破線の前に曝け出されて牽引される
互いの呼び声が聞こえず　ただ
至るところで惹きつけあう心臓の鼓動
あたかも何かが夢のなかで成長しているかのようだ
緑の繊維の樹

緑の　一本の繊維の樹
高く屹立しながら　焦りの背後　欲望の地平線で

記憶と憧憬に近づく
あの朝の煙と小雨（僕たちは
鍵をかけて戸締まりした門からそれを凝視する
確かに何か夢のなかで成長しているのだ）
といって何物でもない
封禅で聳え立つ祭祀の文　塔で
静かにのんびりゆれている一組の慈悲の鈴
招集された武人が集まった城塞の　眩しく
研かれて血に飢えた刀
火が焚かれた烽火台　鳴り響く鼓楼のようだ
緑の　一本の繊維の樹
盛夏に　広場を覆う風球が
気流の速度にしたがってレベルを上げるようでもある

一九八五年

訳注――「封禅」は、古代中国で天子が天帝地神の為に行ったとされる祭儀。「風球」は台風の規模を住民に示すために、香港政府が掲げる警報信号の一種。

俯瞰——立霧溪　一九八三

For I have learned
To look on nature, not as in the hour
Of thoughtless youth, but hearing oftentimes
The still, sad music of humanity,
Nor harsh nor grating, though of ample power
To chasten and subdue

——Wordsworth

あなたの側からすれば　今
深い空ろな幻影として千フィートの深みで煌き
私の名を軽く呼んでいるのだ　上を仰げば
きっと俯いている私が見えるだろう
生き永らえた私は感動で額にすこし汗をかき
両手はバランスをとって理性を守ろうとしている
高所の草木のようだが
あなたは私を知っているだろう
髪はあまたの風雨と氷雪で

高所の草木と違い繁茂から枯れゆく時に入り
歳月の再生という終局に向かっている
――両鬢は斑《まだら》　前世に会って
別れた時のような白髪じゃないが　私を知っているだろう
厳しい顔つきは恥ずかしさを隠すため
山と河が合体した場をこのように眺める機縁
浮雲は空に広げられた衣　泉の水は流れて渓流となり
陽光が冷気のなかを通過してあなたの横たわる姿を照らす
いつもきわどい断崖の地層や
岩の色　濡れた葦は
どれも私が遠い道を　いかに
抵抗や排斥に打ち勝って
ここまで来たかを教えてくれる
はじめて来た時の憧れと燃えあがる冷たさ
無心で感覚もなくなった私の心は
千フィートの深みから
照り映える空ろな幻影に向かって
オオタカがはりつめた冷気をきりさくように

急落していく
訪れるたびにその見知らぬ緑の衣を
剝ぎ取る感覚
太古の皮膚に彫られたものはかつてはありふれたもの
世の乱れで私はまだ疑いに満ちているが
時に狂喜と悲しみの間で揺れ動く
いつも感じる未知の感覚と親しみ
受け入れてくれたり怒りで拒んだりするあなた
一千のごつごつした眼と
四季の息遣い
燕雀の鳴き声と　干上がった貝殻
こんなふうに近づき眺めていると
どこからか聞える熱情的なこだまが
あなたの名前を呼ぶ
下を向いた生き永らえた私を見上げているあなた　龍のように
千フィートの深みへ　私は煌く深い空ろな幻影に向かって
急落し　その源をさがし
だれも行ったことのない地球の中心にむかう

凍った湖で燃える灼熱の焔《ほむら》
私たちが出会った最初
記憶も薄らいでわからなくなった一点
やがてまた雷鳴のなかで互いを見失ってしまった
私が漂泊からもどってくると　あなたは落ち着きなく横たわり
見上げていた　もし今だけなにもかも
あなたの側から見れば　今
この生き永らえた身をのりだして　下を見れば……

一九八四年

訳注──「立霧溪」は台湾の太魯閣溪谷を流れる河川。

巫山高——レーニエ山　一九八三

楚客の詞章は原是諷《もとこれ》にして、紛紛として余子空しく嘲弄す
——范成大
尼

小寒と大寒の間
一面に息をのむ夕映えのなか
松葉や枯葉がふわりと
水辺の靄《もや》をかすめる
遠くあるかないかの空の境で
鳥の群れがかすかに飛ぶ
おそらく居残っていた雁が南に向かっているのだ
やがてまた北にふわりと戻ってくるだろう
群れは寒気のなかに消え　かすかな靄から
虚空へと戻っていく

宇宙のはじめのように厳粛でおだやか

山は静かに坐し
野猿の騒ぎや奔馬の心は
静まり——彼女は泰然と
悲しみや喜びを超越し
無情によって愛をあらわす

巫《みこ》

山は横たわり　見目良い衣は
寝台の前に垂れ　高い雲のなかの
玉容は詳らかならず
その裳裾《もすそ》の襞《ひだ》から察すると
微笑んでいるようだ

彼女はちょうど込み入った祭礼を
終えたばかり
ぬかずいて香をたてたあと
起ちあがり花を供えて

しばらく平伏した　帯と袖はすっかり乱れ
敬虔に海と照応した
日月星辰と
氷雪と雲雨と
颪と

后《きさき》

山はなお横たわり
その豊満な躰はビロードでおおわれている
足を組み
心の気は下にながれ　彼女は
しあわせそうにまゆをよせて夢をみている
満足そうだ

憂いは——ない。だが
疲れて床についていても
徳のある婦人として

求められる風格ある姿をいつも意識している
最高の善をもち　しとやかでこまごまと気がつく
髪飾りは高いところにありよく見えない
彼女がのんびりと呼吸をするたびに
腰に巻いた絹帯の端で
世界で最も無垢な玉が
リズミカルにゆれる

伎《あそびめ》

山は目礼して頷き　膝のまえには
ひかりかがやく古琴
酒盃が下ろされ　人声がおさまり
蛙や虫が息をこらえるのを
さりげなくまっている
風？　風は秋の月が上がる屋根で休んでいる
軽く白い歯を見せて歌い出すと

女のリズミカルな運命が
ぽろんぽろんと七つの弦からつたわる
「愛しいひとはロッキーの山に　追いかけようとしても
黄砂が二人を妨げる　身をそばめて東をながめると雨が私の衣をぬらす
かの美しいお方からの贈り物は一握のハジカミ
私はツゲの柄の剣でお返しします
でも道は遠くとどけようもなく　茫然としている
何故に私はこんなに不安でやるせないのだろう？
愛しい人はコンゴに　おいかけようとしても道はけわしい
身をそばめて南をながめると　風の音
かの美しいお方からの贈り物は滂沱の涙
私は煌く琥珀でお返しします――でも道は遠く
とどけようもない　そのまま心がしずむ
何故に私はこんなに不安でやるせないのだろう？
愛しい人は宜蘭《ギラン》に　追いかけようとしても海の水はつめたく
身をそばめて西をながめると　雲と霞
かの美しいお方からの贈り物は錦の帽子
私は鬱壘《うつるい》さまの護符でお返しします――でも道は遠く

そのままためらっている　何故にこんなにも憂い心が乱れるのだろう?
いとしいひとは蒼冥のかなた　おいかけようとしても
雪はやまず　身をそばめて北をながめると
静かさに聞き入る　かの美しいお方からの贈り物はつり竿
私は鸞の鏡でお返しします――
でも道は遠くとどけようもない　そのまま嘆いてばかり
何故に私はこんなに憂い煩うのだろう?

山は目礼して頷き
秋の月がのぼり　風は屋根で休んでいる

博士

時に彼女は細身で厳《おごそ》かであり
紗の帽子と上品な髻《もとどり》
下に垂れた長い睫毛がおどろき
まばたく
蜂のくちづけのようにするどく　蜜のように甘いまなざし

山は博覧強記の
才女

月がのぼり
彼女は灯のしたでひとりで読書
両足は温かい布団のなかで組まれ
長い衣のしたで
踵はふくらはぎにつけられる　彼女の胸が高鳴るのは
縦横家の詭弁の文章を読み解き
古代の才子の一挙手一投足にある風雅を
想像する時だ。
「もし死者が生き返るなら」と嘆息してみる
「私は誰を選ぶだろう?」

俠

山は 薄いブルーのケープをつけ
遠くをながめ　悲壮にみちた

その面立ちは　窮した人々を助けるために
千里の旅にでる侠客
肩にたらした長髪で
女侠客とわかる

柳の眉に鳳《おおとり》のまなざし　面《おもて》には
冷たい霜（なにをそんなに
悲壮になっているのか）
そよ風がテーブルの灯火にふき
炎がゆれる　女が剣を抜き
吟味すると　冷ややかな光が面をよぎり
かつての面倒な因縁《ロマンス》を
思い出したかのよう
白馬、西風、埠頭
ふいに玉笛《ぎょくてき》の音にふりむく女
ひとひらの紅雲がよぎる粛然とした両頬には
とまどいと優しさ

仙

彼女は風雅な気品をもった
寡黙な女道士
空高く夕焼けの雲が巡り
酷暑の夕暮れ時に
輝いている　雲は
遠い昔の心技を象徴し
謹厳できよらか　そのすぐれて
禁欲的な躰には
余分な熱も脂肪もない

湖水はひそかにつぶやき
仰ぎ見て
虎や豹のうなり声をあげ　処女の
呪いを唱えた。水上飛行機が
波間をかすめ　見つめていた影を
砕いた。彼女はその間ずっと

風雅な気位を保っていた

一九八三年

訳注——「巫山」は四川省巫山県に位置する高峰。戦国時代の楚の懐王、襄王が夢に巫山の女神と契りを交した伝説で有名。冒頭の南宋の詩人范成大（一一二六—九三）の句の大意は以下。「屈原の作品はもともと諷意を含ませたものであったが、それに倣った他の作家の作品は空しく嘲弄しているだけだ」。「レーニエ山」（海抜四三九二メートル）は米国北西部のマウント・レーニエ国立公園の中心に位置する高峰。シアトル市内からその美しい威容が眺められる。「鬱壘」は鬼門を守護する門神。

理由《わけ》もなく

理由もなく
乾いた蟬の抜け殻のあいだにすわり
気になっている
過去現在未来
未来？

巻髪は洗うごとに色がおち
愛で透き通るような肌
ピアノはあまり弾かなくなった
お茶がさめているのに気がつき
がっかりする
その時
庭では
菊の花がしぼんだ　目を閉じて
見ないようにする　小さい頃
驚喜した赤いサザンカ　孔雀の
青　紫蘇　黄色い牡丹
はさみと腕
木の道具が当たる音
そしてまた想う　年老いてもまだ
あかるい床に敷かれたあの織物のように
延びていくことができるだろうか
あでやかに大きく広がることが

一九九一年一月

復活祭の翌日

復活祭の翌日
私はひどく彼と　その無神論を懐かしむ
鳩が数羽　鉄窓の外を飛んだ
階下でしだいに大きくなる声
牧師の一人娘が喧騒を集めて
広場へ歩いて行くところだ
私の机上の慎み深いユリの花は
伝説の中の
あの白鳥やカボチャや国王の鹿のように
私の胸を張り裂く　昨夜
その花をもって路地の入り口まで歩いた時
聖書研究会はまだ歌っていた
灯火と音楽は同じように貞淑で勇敢であり
昔　何も知らない頃
いかにしてイエスが目覚め復活し昇天したかを聞いた

今日は復活祭の翌日
だが私はこのように意外にも
絶望的なまでに
ひどく彼の無神論と彼自身を懐かしんでいるのだ

一九九〇年四月

去矣行《たびだちのうた》

旅立ち　心に一片の雲とともに驟雨がふりだした
二、三輪の黄色い花がふるえてとまらない感覚
風は印象主義のパイオニア
川の上の長い橋、大通りや路地を軽やかに吹き
柳が街灯に絡みつくところで私に出会った

ほとんど忘れていた主題　昔は五線譜の柵のなかに
融けこんでいた　冷たい秋の夜　みつめている前で

陽光の小さな獣が姿を消した時のように
驚いて目覚めたあなたはやるせなく立ち上がり
ひそかにあいつが戻ってきたのを知る

戻ってきた？　私は街の喧騒にかき消されていた軽い雷に
自分から何度も打たれた　それははっきりとかなしみの底にまで
ねらっていることを知り　私を少し驚かせた
まるでブラインドからのぞく強い光と時計の黄色い電子音のなかで
ゆっくりと疲れた膝をおとされたみたいだった

トマトの花が咲いた　小さな庭の空にわずかな酸味を
巧みに含んだみずみずしい甘味　まるで
宇宙のはじまりの時　現実の星と偽りの星が
見え隠れしているかのようだ　ちょうど今
雲のかなたでその姿を現わしはじめたが　私はまだそこにいない

それにしてもなんという孤独な時代だったろう
そこは異郷のように美しかったが

私のいない街だった　線路の両側に
かすんで見える野草　何匹かのバッタ
階上の窓からながめると　白や黄色の春の花　それに蝶が舞っている

ただ私だけがまだ着いていない　いつも
秋の夜のようにとまどっている
大王椰子から巨大な葉が落ちる音が聞こえたが
なにかの伝言にちがいない
繁栄　滅亡　時間　そして別離について

それは長く続いている風の遊び
あなたが想いにふけるとき　夕やみをもちあげ
梨の栽培地と自動車工場を横切り
センチメンタルな詩人のようにあなたをうかがう
私は灯のしたでお茶を前にしたすがすがしい菊

少しだけ自分を憐れんで話をしてみたい気もする
たぶん見えない血の色と自分の躰について

思索する水仙《ナルシス》のように
私はもうすでに知っているし　聞く必要もない
そうでなかったら世間の誰も私のことばのリズムを理解できないはずだ

さあ行こう　旅立ちだ　私は本箱のなかの
この古い題の楽府《がふ》をさがす　忘れたことはない
ただそれは本棚にはなく　ただ私の心の中にあるかのようだ
風は自分を失ったポストモダニスト　家に来て部屋に入ると
憑かれた子供のように凄いスピードで書いている私を見るだろう

一九八九年十二月

訳注——「楽府」は漢の武帝の時代に集められた歌謡の流れを汲む詩のジャンル。

寓言：鮭

四月がスティラグアミシュ流域を

照らし始める時
陽光が傷ついた河口から上り始め
低く内陸部に向かって突っ込んでゆく
小さく入り組んだ湾と曲がりくねった入江が
ひとつひとつ融けて　まがりうねり
新緑の葦が吹き出る
葦がやさしく揺れて
速く伸びる髪のように魅惑的だ
きっと恋する女のものだ
私たちはあたたかな海流のそばで
待ち　淡水の
大量の流れをさがす
つめたく澄み　熟知している
遠くから流れてきたこのスティラグアミシュには
あらゆる魅惑的な誘惑が
溶け込んでいるかのようだ
私たちがなかよく遊ぶ水面に
四月の陽光が

私の健やかな鰓《えら》を照らす　私たちの
健やかな鰓　よし
尾鰭を一閃して私は向きを変えて
陸地にむかう　スティラグアミシュへ

私よりも早く　四月の陽光は
もうスティラグアミシュの
生と死を巡回している
河の水が私の鰓を刺激する時
身震いして体温を調節し
回転し　泳ぎ　突進する
ふらつく海老や小魚を気持ちよく飲みこみ
成長した葦の間を行き交い
その髪を翳り——
きっと恋する女のものだ
スティラグアミシュでは
生と死の小さな門が閉じそして開く
無限の時間　神秘の源に

私の霊視の眼は認められている
永劫の荒野　過去現在未来の
燃え上がる塵を透して
紅葉にいだかれた秋の山
その絶峰に初雪が寒気をおろすのを
私はみるだろう
旅の傷をひきずり
スティラグアミシュの上流で
生涯でもっとも危険な早瀬にむかう時に

一九九一年六月

訳注——「スティラグアミシュ」は米国北西部ワシントン州にある河川流域。アメリカ北西部先住民の名称としても知られる。

懐かしきバークレー　(Aorist: 1967)

私が書き始めることになった古い出来事
物憂さと豊かさが散在して、不調和な詩のなかに
隠れている。小雨のなかでふたりの男が
(そのうちのひとりは頰ひげを生やしていて
もうすこし白髪だったらマルクスみたいだ)苦労しながら
三×六サイズの大きな油絵をもち　ウィーラーホールから
カリフォルニアホールに向かっている。私は三階で手すりに
もたれてタバコを吸いながら、動詞の変化を覚えようとしていた

男たちは絵をいったん下ろして休み、空を指差していた
雨について話していたのかもしれない。私には
きこえない。ふたりはやがて担いでいる手を換えて階段を降りはじめた
鮮やかに輝く秋の林に古道が延びている絵
それが一段一段横向きにふらふらと揺れながら
四十五度で下のほうへ移動していくのがみえた——

髯もじゃの男が前にいて一歩一歩後退し、右手は
金色の枝をつかんでいて
もうひとりは左手で小さな橋を握っていた

私は煙草を消し
一心に続けていたギリシャ語不定過去の練習をやめ
窓によりかかってじっとみていた。細い道のツゲ並木
そのなかの一番高い一本が見え、橋の下には
さざなみをたてている清流
秋の風景だ　筆づかいや描法は淡く
セザンヌの流れだ
乾燥した空気が凹凸のある油彩のなかで
そっと流れ　カリフォルニアホールの玄関に
近づく　雨の中での乾いた流れ

調和のない詩のなかで
物憂さも豊かさも散在して隠れている
私が書き始めることになった古い出来事

一九九二年五月

訳注――「Aorist」(アオリスト、不定過去)は古典ギリシャ語等で使われる文法用語。

十二月十日清水湾を辞す

身を乗り出すと崖下では潮がおしよせているのが見えた
想い出はあそこに沈めておこう。正午の
窓辺の空間にある静けさ
花びらは完璧で一分のすきもなく
紛々とニットの刺繍の上におちていく　ひそかな香気がゆったりと漂い
風多き私の心に入りこむ

岩場のあたりで陰影が戯れる。遥か遠く水鳥は
それぞれの方向に飛びだす　私の意志に従い飛びあがっても
夢の縁で落ちていくものもあり

自力でもどっていくものもある。山はやや憂いをうかべ
時が余韻をのこすように傾斜する
太陽は翳りのある赤と青黄色の間で不安そうに動いていた

一九九三年

訳注——「清水湾（クリアウォーターベイ）」は香港のサイクン半島の最南端にあり、作者が勤務していた香港科技大学が位置している。

戯れに六絶句を為《つく》る

秋になって　僕らは
この旋律に次第に慣れ親しんできたようだ
小さな蚊や蝿が林の空き地にいて
斜陽のなかで四行詩を暗誦している

老木はもっぱら果実を落として

抑揚のある句に句読点をつける
君は句読点ではなく　リズムだというだろう
瞬く間に四行詩が完成

夕方になって思いがけず　ほどよい雨が降った
夜　星がきらめき
会議で天使たちは天気を統一する件について討議した
聖ミハエルがひとりで異議をとなえた

僕は秋が過ぎてからこれについて話そうといった
ほら聞いてごらん（もう秋は過ぎてる、と君はいうだろう）
「晴れる」「晴れない」の和声が
水辺でも内陸でも澎湃として流れる

葦はわけもなく憂鬱としている
白い頭を垂らして病みつかれて言葉もなく　彼は
君のように流水が起承転結していくのを見るのが好きだ
ただ昆虫が四行詩をうたうのは賛成していない

それで今度は僕が休む番
頬杖をついて　季節の修辞学が人称によって変化するのをながめる
大雁《おおかり》が空に四行詩を書いた
煙が風に遠くゆらいでいる風景

一九九三年

象徴

車が大きな橋を過ぎ
私は頷いた
風は幽谷で白雲の渦を吹き払い
時間に逆らって私を遠く空にひきあげる
ひとつひとつ規律にしたがって動き
いつまでも激しい円の中心に戻っていく
非線形の光の点が豊満な月暈《つきがさ》を

いつまでも突破し　数は増えず減らず
交互に衝突し　圧縮され闇のなかの
繊細で微弱な潮の言語となる
私はもうゆるされたのだ
臆病でもなく黙り込みもしない
と胸のなかできめた
私は知っている
未来永劫
重なる連山と魚介の姿をみて
太虚の奥深く変わることのない実在をさがし
そして悟るだろう
晩秋　河辺の芒《すすき》の間に
さながら生き写しのものが散在することを

一九九六年

前生

いずれにせよ私の血液の干満には
表情がないようだ　前生でいちばん挫折した時と同じ
もう動かない私の心を軽く刺激しているうちに
月が煌いている浜辺に座礁した

あるいは　あの孤独な霊魂
私が知っている冷淡でほとんど透明な影
いつも予定どおりにあらわれ
浜辺を越えて私のところに近づいてくる

もう前生で決まっていたことだが　私たちが
すこしばかりの興が沸き　青々と広いバナナ園を通る時
私は言うのだ　想像なんて
どうでもいい——秋が来て涼しくなるんだ

黒い傘はいつも私の胸元を水滴で濡らす
彼女はそこにきまじめに立ち　背後ではきらめく無限の空が
あけようとしている　かたくなな心が涙で濡れないように
両手をあげて眦《まなじり》を拭《ぬぐ》っている

一九九六年

十年

彼らは延々と高くあがり　勇敢に
介入し回避し参加する
暗闇のなかの
鉢植植物の密葉と気根
蒼い山脈の上の星は寂として自らを照らしだし
水のなかから浮き出た刹那
かならずささやかな憂いが

髪にきらりと映える
なめらかな床から発する足音を書きとめ
天籟の裂け目をさがして念入りに侵入していく
時には急に立ち止まり
ダムのあたりで急流になっている泉を聞く
あらゆる言語は意を汲むことはできるが
いくつかはもう十年遅すぎたようだ

一九九四年

V

抒情のオーボエ

却《しりぞ》いて坐る

Mony klyf he ouerclambe in contrayez straunge,
Fer floten fro his frendez, fremedly he rydez.
——Gawain

部屋には秋の木の葉が
燃えるような気配　いつかの年のように
窓辺で書を読んでいると　遠い楼《たかどの》の
簷《のき》から風鈴の音が
あるかないかのように聞こえる寂寞　僕は知っている
この頁を開くと英雄が起ちあがり　装備を整え
馬に飼葉を与え
旗幟《のぼり》と剣を確かめ
流れを上って遂には火を吐く龍の類いを征伐し
危険な城から難に会った高貴な女性を
救い出すだろう　彼の椅子は其処で空しく
不安定な陽光の下で
長く晒されている

一九九八年

訳注――冒頭の題辞はイギリスの中世ロマンス、『ガウェイン郷と緑の騎士』(*Sir Gawain and the Green Knight*
作者不詳、十四世紀後半)にみえる。

三号風球

水面に重複して重なった眼
誰かが泣いた痕?　切迫した様子で流れる暗雲
かすかに覚えていたが　いつしか忘れていた
涙の痕を覆い隠すひとすじの黒髪
深い海には物語がある
暗くつめたく　私が知らないでもないこと
ほどよい長さの物語をあなたに聞かせたい
あなたを引き止める為にだ　でもどのように?
ただその時はこのあたりはどこも

一九九七年

三号風球におおわれていることだろう
訳注──「風球」は台風の規模を示す警報信号。（第Ⅳ章作品「樹」訳注参照）

巨斧

あるいは輝く夕陽の残照を映す海で
構造の中を潜行する魚がいる
綿密で緊張した思惟の中で
神が認める道　どんな消息か──
潮がきらめき揺れ動き　相対して叩きつけている？
定形と無形は七色で煩わしく騒がしい　一張《ひとはり》の寂寞の琴が
ぼんやりと意志を奏で　単音は心にうち響き
前後の不ぞろいの物語は手直しされて
不完全な筋ができあがる

存在する多くの錯誤　天の星のような
点点とした欠陥　時間は逆転したテキストで止まり
辿るべき響きもない頃合い
想うことは昆虫と植物の種が押し合い
裸足で月光のなかを歩きまわる連れあい　今夜
　　　　　　　　　あゝ深く荘重な夜
しかも約束は融け　しだいに消えてゆく
あたかも初夏の朝　鳥たちが鳴く中で知らず目を開き
有機的に覚醒する　理念と欲は燃焼する風炉に残る
肢体のよう　神は残された綿密で緊張した思惟の中で
巨斧が破壊されるのを待っている

二〇〇〇年

抒情のオーボエの為の作

記憶からよみがえった柳が

水面の虚ろなさざなみに垂れる
秋は何度か去り　そして戻ってきた
あらかじめ決められた流星よりも頻繁で時間どおり
ぼんやりと冷めていた私の視界を高速で横切った
まるで失墜したかなしみの国にかかる虹のように
すぐに消える　しかも記憶はいつものように揺れ
想いは明暗が錯綜する空気のなかに消えた

私は階段を下りていった
細雨は苔むした青石の隅々をぬらす
庭の静寂のなかにいくらかの悔いと　歳月に
逆らう痕が満ちる　ただ私はすべてを
理解しているわけではない
人が悲しみのままに　想いを虚ろな無に投げ入れるとき
建物の上で微風がふき　情《こころ》がひらき
あるいはオーボエが回廊で響く

一九九八年

舞う人

もっと高くても、あなたは多分、のぼっていくだろう
海芋《かいう》の花畑
あいまいな温度差、灌漑のシステムなど
旋回と静止との飽くことなき連鎖をもとめて
水銀のような永遠の流動を包み込む
不安な魂は
まさに肉体に和解を示し
二月の桜が散る

一九九九年

訳注――「海芋」はサトイモ科の塊茎を持つ多年草。

ジンジャーの花

一

高い樹は結氷した雲の外縁にまで張りつき　すべての実証は
すでに眠りのなかで完成し壊れた
オーロラの光が季節性の収束を経て定まり
黒い熊と羆《ひぐま》が退き
残っている巨大な荒涼とした足跡を暁の色が占領し
やや衰えた寒気が
宇宙の果てで妥協する
しかもしだいに希薄となり暗くなり
時の刻む音の中で次第に流出する

二

霧が専ら属している
大いなる寂寞のなか　木の葉が落ち

死のような静寂の枝の間でかたちができる――
ひと群れの白鳥が勢いよく飛び立ち
湖畔の露に濡れた草地に向かい　旋廻して
降りていった　同じように音はない
別れの時に涙が次々と
滴り落ちるように

三

あるいは　まだ暖かな陽光が
窓の開いた二階の植物の上に
遍く注ぎ　軒下にぶら下がった蜘蛛が太った躰で
チェロの音に合わせて
きらきらと揺れ動く　枕元には
開いた新しい書物　読書灯のほかに
ベルベットのように強く反射する夕暮れの陽射しが
わずかの憐れみもなくコーヒーカップ
皿　スプーン　砂糖に叩きつける

紫外線もまた
竹の葉に執着している　あるいは
無人の部屋　主人は
犬を連れてどこかへ散歩
先ほど表具店がある路地の入り口を通りすぎたばかりだ

四

それにまだいくらかの
夢の中で（私が想像しているわけだ）完成していないものがある――
思惟はいつもの実証の過程を通して
往復しながら探索し解釈し　やがてそれが
ますます深く沈み　かつ浮遊していることを発見する
とりとめがない北半球の厳冬の大海の底で
急速に溶けていく物のよう　心は高い天空で
血を滴らせ　私は忽然として眼を醒ます
夢の中で遭遇したムカデの群れ
対照性をもった脚と色

例外のない規則性　その恐怖は
徹底して私を崩壊させ　知能は
論理を立てる力を喪失した
思惟は海の底で溶け
心は高い天空で血を滴らせている

五

逃げ去る神と意志に
呼びかけさせてほしい　至上の美は
傾斜して水辺に向かう草原に現れる
あこがれのジンジャーの群れ　ああ限りなく
ひろがる憂鬱　かつてそれを見つけ近づくと
よそよそしい態度を示したものだ
まるで夕暮れの靄《もや》が沈んでいくような　暗黒
脅威が涙のように我々の探索する眼を蔽い
彼方で旋廻する白鳥が
見えなくなる

六

私は揺り椅子に凭れて山を見る
陽光は明らかにためらいながら反対の方向に
向かう　夕焼けに染まった雲の結氷は
既に私の胸元のように融けはじめ
あらゆる美と憂鬱に関しての
弁証　衝突は
どれも次第に結合する宇宙の大幕のなかで融けて
虚無となる　水辺にのびる草原では花が開いている

一九九七年

カッコウアザミの歌

あの息をのむ感覚　私のカッコウアザミ
正午　鳳凰木の傾いた強烈な陽光と

影の下　紫のカッコウアザミが
低く哀愁を帯びてうたう
彼女がどのように命の種を露わにし
西半球の貿易風に逆らい
蒸し暑い霊媒の抱擁と誘惑にまかせたか
地表に落ちて繁殖し発芽し開花する意志を
どのように保持したか　遥かなフォルモサまで

半壊した石段の下
私は感じる
暑さで蒸発する愛情と欲望
低い壁に沿って過去から流れる泉水——
過ぎ去った出会いと涙　そして別離
カッコウアザミはなかば忘れられた声で訴える
その性情と雑多な記憶のなかにある蟹座の熱い輪
私たちをつれて北にもどり　細葉の下
汗がひかると　見覚えのあるフォルモサ

あの息をのむ眉目と　日に晒されて赤くなった顔
初夏　風はなお山間の忘れられた渓谷の隅で遊び
カッコウアザミのなかを行き交い
知らない歌声と騒ぎをおこし
甲板の上で復唱して
破裂しそうな希望を前にしている――いつかある日
太陽が頭上をすぎる頃
紫のカッコウアザミが広がる暖かなフォルモサに
恒久の存在がふみとどまるだろう

一九九八年

主題

私に訊かないでほしい　あのことは
岩の隙間から湧き出すタンポポやヒヤシンス――
春のまぼろし　ただ

土壁の下にある古苔《ふるごけ》がひどく濡れている
池のそばの水かめは一夜で凍り
あいかわらず陰鬱　水位は低く
斜めに走る隙間は冬が満ちていないことを警告している
浮き草に吹くのがどんな風か訊かないでほしい

カタツムリは眠りの中　コロラドハムシは土の中に隠れている
悲観者は深刻に考える権利がある
ただ小さな幼虫が繭のなかで何を待っているのかは訊かないでほしい
蝶の願いは私の今の主題じゃない

一九九八年

端午の前にエイゼンシュテインを読む

鳳凰木の下であなたが坐り

一枚の緻密で丁寧な刺繍が明瞭になる
雑多な翳が凝集しはじめ　動かない
太陽がゆっくりと進み真上に達する

最初に想うのは花を髪挿した詩人　ひたすら
歌いながら河辺に向かい　失意落胆し憤怒のあまり
最も輝く美しい渦に向かって
身を投げて死んだ

次に想うのは彼女がいかに前世から
修得していた成果を忘れずに元のまま述べたかだ　完全なる卑俗
あゝ愛　しかしこの世界での軽視に比して
真にそれを証明するのは恐怖だ

ある種の典故の思想、観念と信仰には隔たりをもつが
美と真実は当然　僕にとって命にかかわるものだ
超現実のカットの一つ一つを通して完成する
サイレント映画の無上のモンタージュ

二〇〇〇年

訳注――「エイゼンシュテイン」(Sergei Mikhailovich Eisenstein、一八九八―一九四八)はラトヴィアのリガに生まれた映画作家。モンタージュ理論で著名。

ピンダロス、誦歌を作《な》す

――472B.C

彼の馬術を賛えよう　急流のなかの渦が
僅かの間に完璧な美の形式を整え
瞬く間に煌く細部が拡大して
太虚となるのを見るようだ
新しく生まれた嬰児は厚い白茅《チガヤ》に包まれて
黄金のアラセイトウの花の群れに隠された
彼のさすらいの父はもともと神　かつて

このあたりを行き来したことがある
一対の柔和な蛇が覚えるように　名前を女が自ら
仔細に話し　彼があの灰色の眼をした大蛇になり
三色スミレの野で颪とともに駆けるまで
世話をさせた

ただひとつ彼女の行方については我々は何も知らない
詩のレトリックと調べのなかで疎かにしてしまった
賛美の形式条件が完成する刹那に虚無にもどるのだ
まるで美しい渦が急流のなかで消えていくように

二〇〇〇年

訳注――「ピンダロス」（Pindarus 紀元前五二〇頃―四四〇頃）は古代ギリシャの抒情詩人で祭典競技の勝利者を賛える作品で知られる。

薭《かれは》の隕《お》つ

一

イバラ　ヘビイチゴ　ハマビシの残った氷層の下
目覚めた心はどのように昔の血痕を知るのだろう?
身をかがめ甲虫や芋虫に耳を傾け
野卑な行いで測っているのだ　死亡から再生に
至る難解な道　我々が認める
これまでの道　聖地へのあらゆる巡礼行為
そして我々の質疑を
灼熱の陽光が初めて　共に過ごす夜　調節された温度に
入りこみ照らし出すと　我々の地球の
回転角度が実在の思惟の根拠を得る
月はどのように自己の循環する軌跡を使い　皆既食によって
この世のわずかばかりの離合の法則を暗示するのか
我々は別れる前夜に宿でまだ互いに言い争う
昨夜の激越した闇のなかで欲望の解体を深める為に

すりガラスのうえの水の跡は
重複して龍紋をえがく　いくらかの倫理の象徴の
略図——春雨が軽く窓辺をうつ記憶
止みがたい言い争い　しかし空が明けないうちに
雨があがった　巡礼の行列は
もう旅立っている　シャコが遠く近くで鳴き叫んでいるのが聞こえる

二

夏　我々は柑橘園の村に滞在し　夜になると
老婦の話を聞いた　昔日の戦争と家族の体験物語から
はじまり二二八事件までだ。蚊遣りの煙が混じり
庭に漂ってきたジャスミンの香りが眠りを誘う
夢の中では心地よく飛翔した　表装を破って
出てくるタンチョウのように　透き通るような白さだ
車輪のように大きな翼を連なる高き山々に広げ
浮揚し沈下する　時間は——
颪の勢いが引力に変わり　速度が随意に増減し

宇宙の七色が変転して瞬く間に調合されることで
私を暗く無窮に拡大する経路に投げこむ
点線の中央　破裂した一部と矢は
音もなく昨日に向かい　昨日に向かってそれぞれに別れを告げる
分裂した雲とうち重なった純然たる緑は　このとき
私の反時計回りの現実透視のもとで
山麓の起伏したぼかしから最も高い処に到り——
海のような藍色に溶け入る　天使の眼は
大暑のなかの濃密な植物の世界を俯瞰し
入れ替わる秩序をみつめ再生をめざす
ちょうど文字が啓《ひら》けていくように

三

このように運行しながら要所の全構造が
遂に完成する　まず露の透けるように白い雫が
憂いに沈んだ眼のように密集した老木の葉の上に落ちる
流星が期せずして西南の空に滑り落ちた

水辺では夜半を過ぎてほどなく霜が降り
原木を横木にした塀に霜が飛ぶ
書物から頭を挙げるとみえる　あるいはそれは
今年最後の蛍が混乱した経典から駆けつけているのかもしれない
つまり読書もまた個人的な想像による破壊だと証明している
でなければそれは創造力という病毒の伝染で
果汁のように甘い闇夜を掠めているのだ　コオロギが
風がふきすさぶ西堂で鳴く　我々は気づくことだろう
老いて衰えた時　坐って楚辞を開き　そこで
すべての星が季節の変わりに色を変えると
仕事が完成したことを示す　しかも我々の思想は沈滞して
遅々として 窓の内外で壮大に運行し
有機的な要所に向かって完成する宇宙に　追いつけないでいる
身を躍らせて問い詰める　いまだかつてない圧力だ
浮き雲が氾濫し去っていく
一枚の葉が落ちて風鈴を鳴らす

四

その後　君の魔法の鏡は我々のために
あらゆる便宜を示してくれた　やはり
この地球はいつも心がもっとも荒涼とした時に
夢の領域にかたむくのだ
少しもためらわず　日を選び
海水が冷える兆しを有しはじめると
森の中で記憶と同じように隠れたり現れたりする小動物たち
彼らは背中の長毛に忙しく
枯れ枝や落ち葉が広がった林の空き地で
駆けまわる　フクロウの理性的な呼び声が行き来し
重複した声はいつもいくつかの樹々を揺り動かす
あるいは最初の吹雪が来た後の
あのどんよりした黄昏までも震撼させる　ちょうど君が窓辺で
北向きに坐り　インターネットをみつめてキーボードを打つ時
私は灯火の下で初期のヴァージニア・ウルフを再読する
聞こえてくるのは一本の樹　あるいはそれを越える樹々が

波浪が寄せては返すように騒がしく　暗闇の
大地の一辺にむけて倒れていく　雪の勢いは激しく
驚いたハクツルが一羽とびたった　別の枝に降り立ち
翼をたたむと　純一な姿は有から無になった

二〇〇〇年

訳注――『詩経』「豳風《ひんぷう》」の農事暦をうたった詩「七月」の一句に「十月には蘀の隕つ」とみえる。西周王朝の先祖たちが陝西で生活していた頃の記憶を周公姫旦《きたん》がうたったものとされる。訓読は吉川幸次郎の『詩經國風』（岩波書店）に拠る。吉川訳は胡承珙の毛伝解釈に従い「蘀」を枯れ葉の意としている。「ヴァージニア・ウルフ」（一八八二―一九四一）はイギリスの作家。

詩の端緒——散文

I

そして詩である。詩の端緒。

私が天地の神秘さ、奥深い自然の造化との感応を本当に確信したのは、大地震があった前後の頃だ。

その地震がどのように始まったかというと——今これだけの長い年月を過ぎて、数え切れない霞んだ水面を越えて思い起こしてみても、まだ信じられない。突然、家のなかのあらゆる物が揺れ動いた。本、筆記具、急須、茶碗が揺れ始め、夢の中の出来事のようであった。しかしどれも触れることができる現実であった。それは時間と空間を隔てた後も私の心の中で、ゆれうごき、ふらふらと目がくらむのである。

今この時でさえ、当時を想いおこしてゆっくりと眼をあげて外を眺めてみると、山すその大樹や家屋はゆれうごき、そよ風、白い雲、陽光、見えているあらゆるものが酔っているかのように揺れている——いや視界に見えているのではなく、心のなかであのすべてが蘇って追い討ちをかけてくるのだ。かくして音もなく寂として大地は揺れ、漠としたなかで私をはるか遠く海のかなた、何年も前の小さな一点へとつれもどしていく。同じ陽光、白い雲、そして涼しく軽やかな微風。あの春――

　私たちは教室で工作をしていた。ガラス窓は大きく開かれていて、朝の輝いた空気が部屋の中にも外にも流れていた。その日、女生徒たちは刺繍をしていた。それぞれ左手にきれいな布を持ち、ふたつの枠でぴんと張ったところに牡丹、蝶、金魚などの図案が描かれていく。右手には針をもち丸い部分にさまざまな色の糸が熱心に縫いこまれて綺麗になっていった。男子は机の上で小さな本棚をつくっている。いくつかの班に分かれ、鋸で板を切ったり、釘を打ちつけたりして、教室の半分は木屑が散らかっていた。私はこういうごたごたと散らかったことが嫌いで、工作の時間はまったく興味を持てず、しばしば顔をあげて刺繍をしている女子を見ていた。短かい黒い髪の輝き、白いうなじ。上品で綺麗な指先に針を持ち、静かに刺繍を縫いこんでいる光景はたいへん優美だった。うしろにみえる新緑のガジュマルと鳳凰木も美を極めていた。

　その時、遥かに遠いどこか不可思議な所から、神秘的な微弱な音が伝わって来た。存在の原初から来た息をのむようなひとすじの音。それは私がはっきりと悟る前にすでにこちらに到達していた。同時に世界のすべてが揺れだしたのである。地震だ！　世界のあらゆる物が左右にぐらぐらと揺れ、私たちは本能的に教室の外に出なければならないと感じた。「走らないで！」女教師がいつもの峻厳な声で叫んだ。「机の下に隠れなさい！」私たちは低く小さな自分たちの机の下にもぐりこんだ。しかし大地はそれでも揺れるのをやめず、揺れ幅はますます大きくなった。西北の方向に揺れたので、私たちの机も教室の西北の角に滑っていき一塊になった。その次は東南の方向に揺れ、私たちも机の下に押し込められたまま刺繍の枠や針、糸、板、釘などの工作用の道具と一緒に滑り動いた。空にはある種の暗暗とした鋭く長い音が続いた。私たちはどうしようもないまま、まるで醒めることのない悪夢を見ているかのように叫び声をあげた。怖れ、狼狽し終いにはあがくのもやめた。地震はやがて止んだ。

私たちは机の下から這い出た。大声で泣くものもいた。外では多くの人が立っていて、騒ぎながら私たちにむかって何か叫んでいた。この地震で学校のすべての人間が外に飛び出し、運動場の真中に集まっていた。ただ私たちの班だけが屋内でころころとひっくり返っていたわけだった。結局むこう側の教室は皆倒壊したが、私たちのこちら側だけは意外にも倒れなかった。もし倒れていたら、ほとんど皆一塊になって圧死していただろう。その数分間の間で、花蓮の家屋の半分が倒壊し、鉄道の線路が曲がり、街路は破壊され、井戸が枯れた。数え切れない巷説や噂が余震とともに徐々に広がっていった。

あの余震のなかでの感応体験は一種の天と人間との間がつながったものだ。それはこの茫洋でとらえがたい空間のほかに明らかにひとつ（あるいは複数）の超越した神が存在することを私にはっきりと認識させた。大地震は止んだが、それからの半月間、この海辺の小さな町は横に縦に揺れ動きつづけた。微弱な揺れを感じると、人々は何をすればわからずどうしようもないままに身構えて、互いによく顔を見合わせた。最も悩ませたのは、地震があるたびにたとえ軽いものであっても、壁の時計が必ず止まることだった。時計が大きく揺れてなすがままに落下するのが見えると、やはり動かなくなっている。元の位置にもどして、針を直し振り子を少しうごかすと、チクタクと再び動き出す。しかしあろうことか暫くするとまた少し大きい揺れがきて、人々は争って外に飛び出る。戻って上を見ると、また時計がずれて止まっているので最初からやり直しであった。私は時計をじっと見ながら、これは一番哀れむべき機械なのだと感じた。しばらく見ていると、それがただの機械ではなく、長針と短針は人の両目、振り子は大きな舌のようにおもえた。それはチクタクと前に進んでいたが、遠くでその針の進み方を好まない神がいて、手を一閃したとたん、大地が揺れ動き時計は止まらざるを得なかったのだ。あるいは時間の進み方はこれだけだろうか。時間が継続して進んでいるということ自体は私たちが管理できることではない。突然、神が時計という手段自体が気に入らなくなって軽く手を振った途端に大地が動いて、時間が止まったのだ。

時には非常に烈しい余震が来ることがあったのだが、それらはどれも私には予測することができた。あの頃、私たちの新しい家の裏庭にあった蓮池が猛烈な揺れで、水源が破壊された。いくつかの大きな蓮葉《はちすば》だけが泥の上にかさばり残っているだけで、ティラピアはつかまえられてスープになった。私たちは家のなかにいる勇気はなかった。というのは——日本式の家屋は瓦葺なので、強い地震に襲われて、住人が外に飛び出した時、屋根から落ちてくる瓦がちょうど頭部に襲いかかってくるのだと聞いていた。これは怖かった。それで私たちは、夜には蓮池の向こうにある空き地のテントの中で寝た。最初はテントのなかに寝ることを面白がっていたが、夜になると揺れで目が醒めるので、結局恐怖に変わっていった。一番怖かったことがある。夢の中で空の彼方から暗い鋭いひゅーっという音がまるで悪夢が擦寄ってくるように聞こえてくる。寝ているのか醒めているのかわからないまま、聞き入っていると、速度を上げてどんどん近づいてくる。ああ来た来たと思っていると、大地が強烈にゆれ、目が醒めるのである。私は掛け布団にしがみつき、テントがつぶれてぺしゃんこになるのじゃないかと慄いていた。のちに、テントが倒壊することがないとわかったが、その次は自分の体がシート一枚を隔てて地表に接しているという事に思い至った。もし地表が裂けたらどうしよう。亀裂が開けば簡単にその中に落ちてしまうだろう。そのあと裂け目が閉じてしまったら、誰にも見つけられないのだ。

追いかけてくる鋭く長い音は人を震撼させるもので、天地のあいだにはある種の形を超えて存在する荘厳な気があることを裏付けていた。幼年時代のおわりに私はそういう風にあの体験を考えていた。今、その秘められた意味を考えてみると、当時の理解は実は古典において神話が生まれる時の起源であり、それが成長していく時とおなじ種類のものだったかと思う。あの荘厳な気は厳しく譴責するようなそれであり、ちょうどゼウスの雷のように一瞬にして発生し鬱とした空を切り裂き、耳を劈くような音とともに地上の世界に降臨して私たちを恐怖の中に陥れた。それはすでにプラトン以前から地中海の北の端の高く険しい土地の隅ですでにうまれていた神話である。人々は進化しながらそのイマジネーションにまかせてこの神話をつくりだした――イマジネーションというよりも経験、集団的に結合した無意識、一種の collective unconscious なものに任せて、遂にゼウスの雷のイメージが確定していったのだ。この神話の発生の力はあきらかに一種の恐怖感、形を超えて存在する荘厳な気に対して人々が感じた畏怖である。私は自らの小さな生命がまさにひとつのあたらしい無意識の段階に入ることを敏感に感じた。恐怖と不安、あの鋭く長い音、そして震動のなかで一組の神話のしくみを私は育んでいった。あるいは、あの神話の起源は地震の春よりもずっと早く、たぶん風雨と洪水、山林と荒野、血の涙のなか、その以前の私の不安な行路のなかですでにうまれていたのだ――だから、あの春に追いかけてきたするどく長い音と眩暈のする震動が、私のなかで一組の神話の構造の成長を促したわけである。あ、春よ！　あの黒い春。

以上のことがそれ以外にありえないとすれば、あの黒い春が私に提示したものはまさに詩の端緒だといえるだろう。

そこに詩があったのであり、神話の成長の過程で詩が生まれたのだとしたら、この端緒は隠すこともできないし、外に露わにせざるを得ないのだ。「それでは君は神と神のあいだにかつて戦争が起こったと信じるのか？ 詩人がまさに叙述しているように驚くべき闘争や殺人、その他の事件があったと君は信じるのか？ 別の優秀な作者が誇張して描いた神の奇蹟がひとつひとつ女神の聖衣に織りこまれて、整然とアテネのアクロポリスを昇っていった、と信じるのか？」（プラトン『エウテュプロン』）詩は神話の解説だ。

2

大地がひとゆれして、私の心のなかで冬眠していた不思議で特異なある獣がめざめていた。あの安らぎから程遠い時間のなかで、空き地の巨石に頼りながら、流れ弾を避けている頑強な兵士のようにうずくまり、私は不安のなかで風に揺れる石榴の花のように家が左右上下に揺れるのを見ていた。扉が壊れる音が響きいつ倒壊してもおかしくない。私は本能的にすべてを司る神にあらゆるお赦しを請い、こっそりと雲を見た。その時私とある種の絶対的な権威との間で秘密を共有したようにおもえた。あたかも自分にはさまざまな神からの助言を人に伝える祭司のような、常人とは異なる感覚があるように思えた。ある特殊な法力をもち直接に神と交感しその意志をうけとめ、普通の人間の欲望と関心を提示して神のあわれみをもった裁決をおねがいするのである。

そして私はその命令を正確に伝え解説する。

　時に私の祈りは受け入れられず、神のあいだで意見が異なるのだと仮定しよう。私のイマジネーションのなかで、対立をさらにはげしくさせていくと、神と神のあいだで議論、闘争、殺しあいとなり大規模な戦争がおこる。やがてある日、失望と幻想に飽き自分のイマジネーションのなかから神たちを追い出すのだ、抽象的な観念だけを残し、一心にひざまづいて礼拝をする。それは永遠に私の守護となりあらゆるところに存在し万能である。それははてしない宇宙の永遠性であり、巨大な山であり灰燼であり快楽であり悲哀でありあらゆるものである。私を北極星のように正確に導き啓発し、磨きあげる。私のために永遠に疲れをしらない探索、追求をする魂をつくりあげる。私は小さい時からの汎神論的な感性から憂鬱な一神教的な信仰へと移行した。憂鬱と書くのは、その神が私自身の創造によるものであり、またそれが私を創造したのではないからだ。しかし何年かが過ぎ、その種の依存関係にある信仰をひとりで維持することが困難になった時、再び私は汎神論的な世界にもどっていった。私は神々の冷たいあしらいに甘んじた。

　この再度のせつなる祈りと探索はたしかに宗教的なものであったが、私自身は宗教の本当の面目がなにかは一度もはっきりとわかっていない。ただ人々はそれぞれ自分たちの信仰をもって礼拝し、心からうやまい、またおどおどと畏怖しているのがしばしばその表情からもわかる。ただ私が唯一わからないのは、人々が争って前に出て礼拝する対象のなかにしばしば自然の美がはいっていないことである。

　当時の大地震は無数の家屋を倒壊させた。しかしあの寺や教会が倒壊したとは聞いていない。もちろんこれにはなにか道理、神聖で玄妙なわけがあるにちがいない。これははたして説明できるものなのか？　一番大きな城隍廟《じょうこうびょう》、辺鄙な道路の脇の小さな祠やあちらこちらの礼拝堂は地震のあともしっかりと建っていた。たとえその神聖な奥深い道理を知ることができないとしても、私は密かに強い興味をもった。

いままでずっと、私は寺のなかの神像に対して敬意と畏怖をもっていたし、まともにみつめるようなこともできないでいた。これは私にしてみれば奇妙に矛盾したことであり、（このように多年を経て）ある種の虚妄と現実の衝突、本質と現象の距離、内と外、過去と現在をあらわしていた。つまりある種の夢想的な体験が自分の成長の過程で潜伏していてそれが私をぼんやりと漂流させ、詩と芸術の世界へ更に近づけさせたのである。新しい家に引越をして、それ程経っていないころだった。蓮池の周囲に柚子の木が植えられていて、その下に多くの鶏冠花《ケイカンカ》が咲いているのに気がついた。そのむこうにはバナナの木があり、うしろはハイビスカスの垣根で囲まれていた。垣根の下に穴が空いていて、そこから人が出られるようになっていた。外側はきれいな庭で、右手に小さな祭壇があり、壇上に知らない神像がまつられていた。香がいつも長く立ち昇っていた。祭壇の脇には太った色白の中年の男が坐っていて、なにかの彫刻をしながら、ときどき痩せた小さな老人と話していた。その老人は祭壇を守る住職だった。私はふたりに近づいて、熱心に太った色白の男の仕事ぶりをみていた。左手には平たい鑿《のみ》、右手には木槌をもち、きれいな木片を削り、彫りこんでいた。強くあるいは弱く上下に手を動かしているうちに木片は花の萼《がく》のようにだんだんと剝落し彼の足元に落ちる。男と老人は雑談をつづけ、時には笑顔をみせている。私はただ坐ってその木片をながめていた。太った色白の男は私に微笑みかけたが、特に関心をしめさず木槌で木片にあてた鑿をたたきながら老人と談笑していた。暖かな陽光が周囲を照らし、香炉からは絶え間なく香りが漂い、暈眩をさせる。何羽かの七面鳥が庭を歩き、木蔭がところどころにあり、安らかで平和であった。私の予想では、彼は神像を彫っているようだった。直感で気がつき特に聞かなかった。ひとかたまりの木片から軽快に形が彫り出されていき、頭と胴体と四肢が現れた。地面には木屑がひろがり、空はしだいに暗くなってきた。二日目に再び行くと、男はちょうど昼寝から起きたところで、そのまま再び坐って鑿をたたきはじめた。この日、彼の工具はさらに小さく精緻なものになっていた。するどい小刀で軽く削って、磨き、指でこすり、像を口に近づけて、屑を吹き飛ばしたりしていた。男は微笑しながらその未完成の作品を持って私に見せてくれた。武官の冠、顔つき、鎧兜などどれも備わっている。私は感歎して言った。「とってもいいよ」。彼は大変よろこんだ。三日目に彼は多大な時間を使って紙やすりでその彫像をぴかぴかに磨き上げ、顔も手も粉だらけになり、私まで粉だらけになった。四日目に彼は像に塗料をぬり、きれいな色をつけた。顔は冠の玉かざりのように美丈夫だったが、筆による目鼻の書きこみはしていない。五日目には少し遅れて着いた。「今日は来ないかと思ったよ」と男は言った。「どうして?」と聞くと、「今日はこの神様の顔を書くんだよ」と言う。彼は細い筆をとり、まず朱色で唇と鼻を描き、黒い墨でもみあげと眉毛を書きこみ、最後に眼を入れた。そこで一歩下がって丹念に眺めだした。「どうだ、いいか?」と聞くので私はすぐに「いいよ」と応えた。「この神様はいったい誰?」と訊くと、「関平だ」という。

神を創造するというのはこういうことだろうか? いやどうもちがう。私はその彫刻家に五日間つきあい、ひときれの木片が関平になるのを目の当たりにみた。関平は周倉とともに関公(関羽)に仕えるために新しく建てられる廟に供されるのである。私が目前にみたものは神ではなく、美しい芸術品であり、喜びと温かみを表現しているものだった。しかもそれ以後は関平、関公、周倉だけでなくその太った色白の男の手から無数の彫像が生まれた。冠玉像の関平、黒い顔に縮れ毛の髯をした周倉、青い顔で牙をむきだした精霊や妖怪のたぐい、大きい物から小さな物まで彼の鑿と木槌と塗料の下から形になっていった。そのしずかな庭で、陶然とする香を嗅ぎながら私は神像たちに畏怖の念は抱かず、むしろ好きになったといえよう。どれもすばらしい芸術品で、神でもなく妖怪でもなかった。

　しかし、どうしていつも寺廟にいくと、私はあの大小の彫像をまともに見ることができないのだろうか？　牙をむき出した青い顔が恐いからであり、黒い顔の媽祖《ばそ》や赤ら顔の関公も恐い。毅然といかめしい国姓爺も恐い、関平でさえ恐い。神は実に私たちの心のなかで創造されるものだ。鬼《クイ》だってそうだ。彫像はあの午後の庭のなかで喜びを与えてくれる芸術品である。彼らは廟に迎えられて供えられ、香の煙にいぶされる。私たちがそこで一心に祈るうちに彼らは鬼神へとかわり、凡俗を越えた意義を示すようになる。だが、私にとって彼らは畏怖を感じるものであり、とても正面から正視できるような対象ではない。これはいわば矛盾していて説明するのが難しい。ひどくでたらめな話のようだが、事実である。幼い時の私の考えのなかに、この種の問題は何度も現れて、私を困らせた。しかもよく分析できないでいるうちにこの問題は幼い私の心でしだいに拡大してどうしようもなくなるのだった。

3

またこのようにも考えている。この彫刻という過程は実に人を幻惑させるものである。あの男は自らの心血をそそいでひとつの芸術品を生み出す。そして別の人間が果断に介入しその芸術品を神の象徴として、ひざまづき礼拝する。同時にそれぞれの個人に尊敬、畏怖の念を培養していく。これら一切を背後で動かしているものはなんだろうか？　またこう考えてもいる。もし私が芸術の創造に従事する人間だとすれば、どうであろうか。彫刻と塗りの技術を学び、いきいきとしたイメージをつくりだし、人を喜ばせ、人を服従させ、教え諭し、自分の考えとイマジネーションを高度に発揮して、自らの工具を使って追求、探索につとめ、自らが望む芸術品を完成していく。この芸術品を完成していく過程は実地の仕事の過程であり、鑿をたたく音、木屑と灰燼、絵の具や粉の匂い、これらすべてが完成する時には、すべてが退く。人々（時には私自身さえ含まれる）が見るのは精神の内部から流れ出した芸術であり、不朽の可能性を秘めているものだ。単に木の材料という原始的なものというのではない。これが創造というものだ。創造とはなんと人を魅了するものだろうか！

私は机の上での小さな本箱の製作にはうんざりして、ある種の夢想に耽っていた。もしかしたら彫像一体を完成することによって自分の創造力を証明することになるのではと想像していた。そうだ、私は職人ではなく芸術家なのだ。

私はすべての熱い心血を投入して芸術品の工作に没頭した。精神をことごとく対象となる創造物にそそぎこみ、日夜きまじめにていねいに追跡と探索をつづけた。素材に向かう時は、予言、霊視ができる祭司のように振舞った。宇宙の神秘を見とおし、凡人がけっして至らない段階やジャンルを見つけた祭司だ。すべてを円滑に表現してまず自分自身を感動させ、そして他者を感動させる。私は自分のため、そして他者のために神聖なかがやきを再現して、いつでも流れ去ってしまう美をとらえる。そのひとつひとつをあきらかにすることで、私たちはとらえたものと長くつながり、人類の本性に気づき、思慮と愛にむかうだろう。あたかも私は突然にひとつの比べるもののない巨大な挑戦、生命の修練に遭遇したようであった。かくして誰にも訴えることのできない秘密が心のなかに成長し、あの遠い昔に自分ひとりだけが頼りなげに弱々しくその秘密を引き受けていた。その時私はためらいながら、幼年時代に別れを告げていた。

　大地震以後、ずっと余震がつづいていて、戦々恐々としているうちに真っ暗なイマジネーションの世界に入りこんでいた。肉体のふるえと痛みも現実だが、心の震えと痛みも事実だ。ひとりで幻想にふける時、わずかに私の心はうごきだした。ちょうど静かな蝉の羽が徐々に動きだし、ついには激しく炸裂するような動きになるように、私もイマジネーションの世界で疾駆しはじめ、まるで目標をもっているかのようだった。人の知らない時刻に前にむかって奮い立ち揺れ動き、そして跳躍した。余震が続く日々のなかで、さかんに噂になったのは津波と陸地の陥没だった。

　海はいつも同じ海だった。

　私は浜辺の高所に坐り、海を見ていた。あの沈んだ青はいつものようにあまり変化はないようだった。晴れた日だ。その日は春で、暖かな東南の微風が吹き、広大な視界がまっすぐに水平線までひろがっていた。津波ってなんだろう。陸の陥没？　海面には何隻かの漁船が浮かんでいる。あの災難に襲われた日々のなかでも何隻かの漁船はなお海にでているのだ。私は急に媽祖の黒い顔を思い出した。慈愛に満ち穏やかでありながら、同時に人を畏怖させる顔だ。

おん母よ、その御堂の岬に建つ、おん母よ
祈りたまえ、船に乗るすべての者のため、また
すなどりをなりわいとする者たちのため、また
正当なあきないのいずれにたずさわる者たちのため、
またこれの道しるべする人たちのために。

おん祈りをさらにまた
息子を、夫を見送りし船出が
帰らぬ旅となりし女たちのためにもかさねたまえ
汝の息子の息女《フィリア・デル・トゥオ・フィリオ》なる
天のみ妃よ。

かつまた祈りたまえ、かの船に乗りし者たちの
坐礁して船路終え、海の口唇に入り
暗きのどに入りてまた吐きいだされず
いずこにはつるも海の鐘の、ひびき絶えせぬ御告の鐘の
音の及ばぬ地に眠る者たちのため。

（T・S・エリオット「ドライ・サルベージェス　Ⅳ」）〔訳詩は二宮尊道訳。中央公論社『エリオット全集　第一巻』版〕

聞くところによれば、津波がくると、天地が咆哮し号泣するそうだ。音は海面から伝わり、目前にひろがる深い青を席巻する。その時には膨大な海水が轟然と盛り上がり、水流は激しく花蓮へと襲いかかる。その時の空の色はどうだろうか？　私の想像をこえているが、ひょっとしたら紫がかった赤色？　あるいは死者の顔のような灰白色。海水は容易に南浜の堤防を壊し、瞬時に東側一帯の家屋を水没させるだろう。北は美侖渓から南は花蓮渓の端まで海水は瞬く間にのみこんでいく。その後大波がわきあがり、大山のふもとにおしよせ、宮下、豊川を超えて秀林郷の南に侵入し、まさに花蓮全体を沈めてしまうのだ。続いて七脚川の堤防を決壊させ、はるかとおく吉安郷の丘にいたる。海水はくりかえし激しく揺れ、何日かつづく。その音は末世の放吟、冥界の監獄で奏でられる葬送曲。それで「海嘯」（津波のこと—訳者）というのだそうだ。花蓮の旧址でそれが渦をまいている時、古代から続いた沖積扇状地はくずれ、やがて町の土台をこわし、大地が流される。三角州全体が泥濘のようになって海底に沈むのだ。家屋、鉄道、橋、工場、田圃、あらゆる樹木草花が太平洋に押し流され、波に浮かんで漂流しあとかたもなくなる。これが陸地の陥没だ。聞くところによると、あの時この一帯では円錐形の湾ができたそうだ。北に美崙渓を望み、西に七脚川山、西南に鯉魚山からゆっくりと隆起している青い密林、海水はゆっくりと縦谷地帯を進み木瓜渓にはいり東に向かって月眉山で止まった。

私は浜辺の高所で遠くを見ていた。海面にうつる淡い白雲がゆれうごき、魚の群のようにのんびりと流れている。空は海と同じ色で濃厚な水分を含んでいるかのようだ。春風が浜の雑木にやさしく吹きつけ、波が白砂をなでる仕草と呼応していた。偶々、方向を間違った大波が切り立った岩礁に打ちつけ、しぶきとともに一瞬に消えた。春風にはなにか心がはりさけるような気配がある。いくらかの塩分が魚の鱗と海草に融けこみ、そして夢と幻想に混じりこんだ。あの明るい陽光の下にはすこしばかりの愚昧さと好奇心、畏怖と矜持、かぎりない憧れがあった。そしてこれら全部が消え去ってしまうのではないかという憂い。くらべようもなく、代えるもののない気配が堅固で完璧な花蓮の海岸にはあった。私はそこにすわり、ある種の痛みをかみしめている感覚を味わっていた。心がふるえ、肉体が徐々に麻痺して内と外が交錯し感応し衝突し苦しめられているような感覚。右手の方は台東海岸山脈がはじまる起点だったが、確かにそれはまだあった。急いでふりかえって後を見ると花蓮はまだ海底に沈んではいない。山は高くつらなり、何も起こっていないようだった。しかしその時ふたたび揺れを感じた。地震はまだ完全には終息していないようで、天地の神々が手を振り小さな地震をおこさせたかのようだった。この情熱的なこだわりは私にとって忘れられないものであった。この種の先鋭な愛は宇宙万物の運行と分けることのできないもので、どれもある種の規則に入れられるべきものだ。いつかある日、老いがやってきて衰え、風化して死亡する。例外はない。このような思いと感覚に没入し、波が息遣いのように聞こえていた時、陽光が笑窪《えくぼ》のようにかがやくのがみえた。風は貪欲な気配で私を弄び、あたかも同じ世界の女同士のような親しさで気にかけてくれる。私は力強い比喩に存在する秘密を発見したかのように感じ、安心してただ横たわっていた。大地が一度揺れたかもしれない。いやたぶん違うだろう。ただの幻覚だ。まるでなにか永遠というものへの端緒を私は発見したかのようであったが、結局、分かったのは多くのものは足早に消えていくということだ。あの淡い緑、暗褐色、そして濃い青が交錯した時代。鳴り止まない蟬の声、蘆の花、軒のしずく、蜻蛉の群の日々。どれもみな足早に去っていった。なぜなら更に大きな宇宙が私を待っていたからだ。それは規律にしたがって運行していて、ごく自然に私を、もうひとつの違う場所に送り出した。あるいはそれははるかに遠い未知の場所での探索、追求、創造であり、どのような悔いも残さない所。大人になってから、あるいは老いてから風雪を経た両鬢にしだいに白いものがまじりはじめる時、眼も弱くなった時、私はあたりまえのようになおこの永遠の気がかりと想いにとらえられていて、何の悔いも残していないだろう。すこしばかりの感傷のほかは——

今　目前のイトスギを越えて
西に日が沈む　潮は
こちらの岸へ着く　ただ僕は知っている　どの波も
すべて　花蓮から始まるのを——あの頃も
驚いた僕は訊ねたことがある
——遠い彼方にも海岸があるのかい?
そして今　かつての「彼方」はこちらで
ただ星の光が静かに輝く

星の光だけが　今

疲れた僕の憂いを照らす
湧きあがるように寄せ来る波に訊ねてみる
——花蓮の浜はなつかしいかい?

波が花蓮の浜で砕けて
こちらの岸に戻るまでに
夏が十回過ぎ去る時が必要だったのか?
そのためには
反転する時に形が出来ていなければならない
また急に　同じような波が来て
静かにこの誰もいない海岸に流れ着く

静かに座って潮の音を聞き
それぞれの波の形を観察して
自分の未来を描けば
左手の小さなものは
生まれたばかりの儚《はかな》い稚魚では?
そしてあのチャーミングな姿は
たぶん海藻だ　遠いところの

大きいのは　恐らく夏の夜に
飛び跳ねるトビウオ

波がこの無人の浜に
押し寄せている今
僕はどうすれば一番いいのだろう?
やはりあの波になり
忽然と反転して流れにもどってみようか
静かな海に入り
花蓮の
浜辺に溢れるだろう

だが僕が海に足を入れて進むと
そのわずかな量は変わらないが　水位は高まり
彼方の浜辺を更に濡らす
更に歩けば　水に沈み
無人のこの岸から西へ七フィート行けば
六月の花蓮よ　花蓮は
もう一度津波の噂を流すだろうか?

悔いなく、あれから三十年余り後での夏の暮。Westportでの記憶も遠くなった。結局、悔いは残っていない。しかしこの感傷的な心はどこからくるのだろうか。振り返ると、まるでまだ自分があの浜辺の高所によこたわり、大地が一度揺れ春風が吹いているようでもある。だが、津波は噂にすぎない。遠くを見ると、花蓮はまだそこにあり海底に沈んではいなかった。

（『山風海雨』洪範書店、一九八七年所収）

訳注――「ティラピア」は東南アジアに広く分布するオレオクロミス属カワスズメ科の魚。アフリカ原産で沖縄ではスズメダイとして知られる。「城隍廟」は冥界で死者の生前の行いを審判する城隍爺を祀る廟。「関平」は蜀の関羽の子。関帝廟では部下の周倉とともに関公を両脇で守っている。最後に引用されている詩篇は楊牧「瓶の中の手紙」（一九七四）。米国北西部の小さな海辺の町での作品。

詩人楊牧の世界——訳者解説

楊牧（本名：王靖獻）は一九四〇年に台湾の花蓮で生まれた。花蓮中学に入学し高等部を経て、台中の東海大学で外国文学を専攻。卒業後、金門での兵役を経て渡米しアイオワ大学芸術学の修士、カリフォルニア大学バークレー校で比較文学の博士を取得。マサチューセッツ大学、台湾大学、香港科技大学、プリンストン大学、及び東華大学で教える。台湾中央研究院文哲研究所所長を経て現在、米国シアトルのワシントン大学教授。詩集、散文集、批評理論、演劇論等四十冊あまりの著書がある。またW・B・イェイツ、ガルシア・ロルカ、シェークスピア等の翻訳書も出す。十五歳で詩人としてデビューし、初期の筆名である「葉珊」で発表していた時代はロマン主義に影響を受けた抒情詩を中心に発表していたが、一九七一年に筆名を「楊牧」に変えて以後、詩作以外でも多彩な手法で散文、戯曲、翻訳等の仕事をしている。

楊牧が美しい港町花蓮で生まれた時、台湾はすでに日本領土となって四十五年間を経ていた。翌年、日本による真珠湾奇襲がおこなわれ、太平洋を舞台に更なる戦争が始まる。小さい頃は外では日本語、家庭では台湾語という環境のなかで育ち、当時の記憶は半自伝的散文三部作『山風海雨』、『方向帰零』、そして『昔我往矣』に抒情性豊かな筆致で記述されている。

戦後の現代詩草創期から知られる台湾の詩人として、楊牧に加えて、紀弦、覃子豪、林亨泰、周夢蝶、余光中、洛夫、商禽、白萩、葉維廉、鄭愁予等が知られている。外省系詩人が多い戦後の第一世代の詩壇のなかで、楊牧は台湾本土出身の代表的な詩人のひとりである。本土系の日本語世代の詩人で言語を中国語に換えて戦後も活動した詩人はいるが、筆を折った作家も多い。台湾省行政長官公署が日本語の全面廃止を命じ、台湾で公に新聞雑誌メディアでの日本語が禁止されたのは、一九四六年十月、すなわち国民党の台湾接収後の一年後である。台湾の「中華民国」政府が公用語を国語《グオユー》（北京語）にして日本語を禁止したことは、日本人であった台湾人が今度は「中華民国」の民になることであった。外来者に統治されるという本質では類似した状況が現出した。

国民党による政治統制は大陸における共産党政府のそれに勝るとも劣らない厳しいもので、一九四七年二月二十八日の虐殺事件は台湾人の心に深い傷を残した。大陸における一九四九年の中国共産党政府の成立以後、出版言論における自由は厳しく統制され、いわゆる左翼作家の作品の多くが発禁処分となった。日本語は禁止され、公用語は北京語であり台湾語は公には禁止された。国民政府が中国における唯一の合法政府であるとする台湾当局は反共文芸の政策を推し進め、「反共詩」、「戦闘詩」が奨励され、現代詩は公には政治的プロパガンダの道具とされた。更にまた五四運動期文学の伝統が自由に享受できない状況であったが、その亡命政権としての性格は大陸中心（消滅共匪、光復大陸）であり、台湾「本土」文学の醸成に協力的ではなかったようである。換言すれば、台湾の民族、文化、文学の地域性を否定することによって成立した統治策であった。

このような状況の中で、楊牧も含めて広義の現代派の詩人、芸術家たちは政府によって思想的にけっして受け入れられていたわけではなく、検閲による圧力は常に存在した。ただその作品の曖昧さ、不可思議な表現によって直接的な迫害からはまぬがれることができた結果、台湾においては同時代の中国大陸では考えられない多様な詩の繁栄がみられた。台湾現代詩が真の意味で開花したのは、戦後の混乱がおちつき、都市文化と郷村の伝統文化の間の亀裂が進み、工業社会と農業文化の分化が感じられる五〇年代の後半である。

当時、中学に進学した楊牧は、授業を終えた後など、ひとりで近くの花崗山に覃子豪の詩集『向日葵』を抱えて登ったりするような多感な青春をおくり、次第に台北の詩人たちの世界に魅かれていく。中学入学後の五〇年代中期から楊牧はさかんに投稿を始め、その早熟の才を発揮した。同時に、同じ中学の陳錦標と『台東日報』、『海鷗』、『更正報』などの文芸欄編集に関わる。高等部に進学したのは一九五五年である。その頃、戦争直後の混乱からようやく落ち着きをとりもどした台北では新しい世代の詩人たちが集まりはじめていた。一九五〇年代、現代詩社、藍星詩社、創世紀という三大詩社が鼎立しさまざまな詩の実験がおこなわれている。主に大陸からやってきた文学者たち、紀弦、鍾鼎文、覃子豪等によって発展し、その多くは学生や軍人たちであった。

現代主義は、文学者からの反共文学に対する潜在的抵抗であったし、文学を政治路線で一元化しようとした国民党当局の政策への反旗でもあった。紀弦によって始められたという現代派の運動は「横の移植」（西洋から学ぶ）であり、「縦の継承」ではないことをその創立宣言で強調したが、文化的特質を無視して西洋詩の形式的模倣に終始する危険性も当然孕んでいた。楊牧が最初の詩集を出した藍星詩社は当時、他の組織にくらべて自由なサロン精神をもった詩社であったようである。楊牧の回想によると、その成立（一九五四年三月）のはじめは特に組織としての宣言もなくその参加者は台北で職をもった人士であったが、それぞれの作風にとくに共通のものはなかった。『公論報』の別冊として詩欄をもち毎週一回各地からの投稿を載せ、『公論報』の停刊の後、季刊、月刊の詩誌を出し、多くの佳作、秀作を世にだし、その流れは葡萄園詩社、笠詩社に受け継がれ、現代詩の大衆化に貢献した(楊牧『文学知識』)。

楊牧は二十歳で最初の詩集『水之湄《ほとり》』(一九六〇)を出し、続いて第二詩集の『花季』(一九六三)、第三詩集の『燈船』(一九六六)を出した。この三作によって、彼の最初の筆名、葉珊として、初期楊牧の作品世界の風格が成就されたといわれる。言いかえればこの初期三部作によって、その主要な特徴である抒情性、吟唱に向いた律動性のある言語、耽美性が完成されている。

ロマン主義的作風を濃厚に秘めた初期の作品には突き詰めた想像力によって理想を追い求める詩人の姿がみえ、「柔婉卓約、情理並陳」(柔らかな抒情性があり、傑出して美しく、情と理が並んで表現されている)と形容される作品が多い。初期作品に執拗に「雲」や「星」に託して書き続けた「記憶」の映像が指し示すもの、あるいは彼が追求したものは何であったろうか? この頃の彼の創作思想を吐露した文章として、第二詩集『花季』の後記がある。彼は以下のような宣言をしている。

「この世界はなお美しい。だが美しいものはすでに寺や教会ではない。それらはもはや荘厳さをもっていない。荘厳さをもっているのは我々自身の存在である。けれどもこの種の題材を取り扱うのを特に好んでいるわけではない。私が最もよくうたいあげるのは一種の目的のないものだ。完全に神聖かつ純潔な美と我を忘れさせるような愛情である。」

彼の作品は、「横の移植」に終始したわけではなく、「造物主」にとらわれない純粋な自然の美を独自の言語でうたいあげようとする。それはやがて後年、七〇年代以降、彼が呼ぶところの「沈黙の音」、失われたパラダイスの再生というようなテーマの原型になるものである。

彼にとって、芸術の究極のかたちが詩である。poetry は神であり、人間にとっての希望であり、エネルギーである。陳芳明も、「彼を何かの主義の信奉者に帰すよりも、むしろ彼は個人主義の堅持者とするほうがよいであろう」、としている。楊牧自身、「無政府主義者であってもいまだかつて虚無主義者ではない」(『疑神』)と自ら宣言する。その「無政府主義」とは「権威」を認めない独立の精神の謂いである。これは楊牧という詩人の固有の特徴と言うよりも、日本統治時代とそれに続く国民党の軍事政権の時代を経験した台湾人の偽らざる思いと言えるだろう。楊牧が常に信じているものがあるとするならば、それは自由、公正、そしてロマン主義から学んだ真と美に対する強い信頼である。それが「虚無主義者」ではないという意味であろう。従って彼は唯一、美の追及をもって文学の第一の課題としているのであり、これは『疑神』において次のように宣言しているように、神も含めて何の権威も信じないという強い信念から来ている。

「イエス・キリストは神と人間の間を仲介しているけれども、まさに全能ではない。イエスが私を惹きつけるものがあるとしたら、それは、彼が人間であって、神ではないからである。」

楊牧はキリストの神聖な肉体、その人間の想像力のなかにこそ真実の実体があると考えていた。これはロマン派の詩人達が関心を持っていた神秘性が信仰のそれではなく、イマジネーションに関する神秘性であったことと符合している。人間の想像力が実在と本源的にむすびつくという考えは、近代人の理知的認識への反近代からの挑戦であり、楊牧流の古典主義の再生であった。事物の実在にせまろうとする彼の言語はたとえば「傾いた陽」、「傾斜している小川」、「傾いた強烈な陽光」というように傾斜する光や水に特異な興味を示す。あるいは「玉石」、「小石」、「石段」、

「石壁」、「五色の石」、「黒石と白石」、「空き地の巨石」、「石ころだらけの私の胸の中」、「隕石」、「鍾乳石」のようにさまざまな石が作者の心象に呼応するかのように登場する。おそらくどれもが真実であり想像の翼で荘厳された存在であり、ある調和によって構成された世界につながっている。

作家の聶華苓が楊牧の『葉珊散文集』で序文を書き、以下のように述べている。「私が最も好きなのは、葉珊（楊牧）が半分酔った時である。その時だけ、彼の骨の芯まで野性の収まりきらない血が奔流している詩人を目にすることができる」。聶華苓は楊牧作品の硬質な文体の裏に潜んだロマン的な野性を見逃していない。詩人の想像力は酒精によるディオニソス的喚起によって新たな血流を生み出す。ミッシェル・イエ（奚密）も「ロマン主義は楊牧作品の一貫した精神である。いわゆるロマン性は通俗的意味の抒情や、情緒的感性ではない。それは、簡単に言えば、超越する精神である。小我に対して時間に対して不断に超越することであり、永遠に対しての持続的な希望であり、人と宇宙の自然秩序の調和の真髄を理解することである」と指摘する（奚密「読詩筆記：楊牧」、『聯合文学』一九二号）。確かに彼が一貫して挑戦するテーマは時間の流れという、我々人間が抗すことのできないものに対して、「記憶」によって超克しようとすることである。それは近代的な、ある目的を求めて流れる線形の時の流れではなく、円還する流れのなかで起ちあがってくる実在のすがたを求める姿である。

散文「詩の端緒」に描かれる五〇年代の花蓮の風景は現代の視点から語るのでなく、少年の記憶と情感をそのまま生々しいイメージとして再現している。人間の記憶はさまざまな個人の歴史的な体験や社会環境によって抑圧され、拡大し、増殖、離散し、変化してゆく。個人が体験した過去の映像、風景は身体的な感触とともに記憶に焼き付けられる。記憶が本来の形で生々しく再現されるときがあるのは、それが脳に焼き付けられた時の身体的刺激が感覚として甦ってくるからであろう。楊牧が描く少年期にみた木の葉の影のうつろい、春の夕暮れの微風を感じることによって読者は自身の忘れていた遠い記憶がふと蘇ってくることに気づくだろう。

時間に抗するために人間に与えられた贈り物が〈記憶〉であった。高所から見下ろすような五〇年代の花蓮の遠景は楊牧の筆で蘇り、読者の心の中に刻まれて持続していく。生まれ育った港町の自然の風景、匂い、音、人々を再構築していく作者の脳裏にあったものは、まさに〈記憶〉という過ぎ去った時間をプレパラートのように定着させようとする強い意志である。

楊牧が初期作品で追求した風景、あるいは記憶のなかで時として蘇るフラッシュバックのような映像は七〇年代において彼が追求した「失われたパラダイス」の原型となった。特に作品「崖の上」にみられる風景はおそらくそのヴァリエーションである。岸壁の上ではヒマワリが満開であり、鳥がざわめく。泉の水が流れている。意識の流れは、しだいに故郷への思いとなり、最後のスタンザで「私」は「ほほえむ君」によって「時」がすべてを終わらせることを知らされる。泉の水はやがて、宮殿の向こうに自らの原点でもある海を越えた故郷、「麗しき島」を映し出す。一九七六年の楊牧の論文「失去的楽土」(失われたパラダイス)によると、中国文明におけるパラダイスは上代歌謡の「撃壌之歌」(「日出でて作し、日入って息し、井を鑿って飲み、田を耕して食う。帝力我において何かあらんや」)に象徴されている、と述べる。

上古には天の堯帝の威力に拠らずして太平の世が維持され、民衆は日々の労働と休息で満足していた。中国のパラダイスは未来ではなく過去の理想的皇帝の治世の下に存在した。あるいは、かつて理想の時代において、治世者は民間で歌われていた詩を採取することによって、国の状況を知ることができた。西洋のギリシャ文明では理想郷とは、人と神の合作であり、キリスト教文明においては、神の創造によるものであった。しかし、これらの神話的パラダイスは現代の文学においては、もはや見つけることはできない。パラダイスはすでに失われた。神話時代にすでに失われているのだ。これはヒューマニティにとって永遠に残念なことである。誰も皆巡り合わせが悪く、やって来たのが遅かったのである。しかし、パラダイスはまだ探し求めることができる。ただそれは自分の心の中から始まらなければならない。パラダイスは既に失われてしまったが、しかしそれは我々人間の心の問題であり、今尚それを追求することはできる。人の為であれ、他人の為であれ、我々は美しい国を心の中に考え、作家はその中で自己の真の生命力を表現すれば、人を感動させることができる。その世界は現実との差異があるだろうが、それこそが文学を創造する意義である。

ここで述べられているのは、七〇年代に台湾文学において出てきた「現実主義路線」に対する回答でもある。彼の「現実主義」とは単に社会の現実を克明に映し出すのではなく、人と世界のあるべき姿を追求することであり、自らの詩人としての生命に根ざした新しい現代の神話、文学の「パラダイス」を創造することであった。それは、過去に遡る中国的神話における時間的ベクトルとは対照的な未来へ開かれた詩的パラダイスを創造することであった。それは楊牧が幼少時に感じたアミ族の村での「ある気配」(『山風海雨』)の復活であり、彼がアメリカ西海岸で到達した「音」(『年輪』)を再現することであった。

楊牧が散文「詩の端緒」で記述している地震体験は一九五一年十一月二十五日に花蓮を襲った一連の大地震である。家屋数百棟が全半壊し、余震は十二月の末まで続いた。当時、楊牧は十一歳である。「その時、遥かに遠いどこか不可思議な所から、神秘的な微弱な音が伝わって来た。存在の原初から来た息をのむようなひとすじの音。それは私がはっきりと悟る前にすでにこちらに到達していた」。これはあたかも母親の体内において、胎児が聞く心音を形容した文章である。羊水の中の記憶であり、人の祖先が海洋生物であった時代の遠い記憶である。楊牧は自身の記憶だけではなく、我々がすでに聞くことの出来ない音を再現しているのである。そこには美に対する信仰、通常の感覚的世界を越えた意識で宇宙に無限に羽搏いている実感が存在する。

人間の記憶は「私」が「私」である究極の根拠であり、自己の根本的な立脚点である。それが人間の個の根拠であり、近代社会の原点として機能した。楊牧においては「一種の天と人との交信のような経験」の記憶は自然のなかで拡散され陽光に映える梢の緑と溶け合い、風景のあいだに溶け込んでいく。それは個が宇宙の原理の一部であり、我々が生きる微視的宇宙と天空にひろがる無限大の空間とが切れ目なく繋がっていく感覚を表現している。その意味で私が私自身である感覚、他者と「私」が区別される意識が希薄であり、それが楊牧の散文を読むと作者と読者のあいだに区別があいまいに感ずる効果となっている。あたかも、それは微視的な宇宙のなかに、更なる広大な宇宙を秘める華厳的なひろがりをもっている。直観をもって実在に直截的に結びつく事が出来るというロマン派的詩想は東洋の覚者が到達する世界へと延びている。

「あの春に追いかけてきたするどく長い音と眩暈のする震動が、私のなかで一組の神話の構造の成長を促したわけである。あゝ、春よ！　あの黒い春。」と書いた彼の戦慄を覚えるような体験、神との感応は詩人にしかわからぬ天地の妙であり、誰もが簡単に感じられるものではないかも知れないが、楊牧はこの自然からのメッセージを一種の集団的無意識のようなものに比している。遠い暗黒の古代からの音はあるいはわれわれ人間が母の心音とともに記憶の深層に埋められているのかもしれない。だからこそ、楊牧は書いている。「記憶はエネルギーに満ちている。それは詩を生み、形成し、拡大されて感動を生み、やがて普遍的な永遠のエネルギーにもなるのである」。あるいは「文学の不死である所以は、それが一種の伝統を形成しうることであり、またそれが一種の介入するエネルギーを形成しうるところである」と。それは失われたものへの挽歌でもあるだろう。逝った者は人々の記憶のなかに生きつづけることによって、生き残った者を励まし、残された者の悲しみを癒す。

知らない間に時の流れを滑り下り
七つの海を過ぎてしまった
千年も一夜の夢　果てしない波濤のなかで
振り向けばあなたの両鬢はすでに白い

（「水仙花」）

一九七〇年楊牧はバークレーで学位を取得した。翌年、カリフォルニアでの四年半の間に書かれた作品を集め、第四詩集『伝説』として刊行した。その後、ペンネームは葉珊から楊牧に変わり、新しい作品世界の構築へとむかう。一九七〇年前後は楊牧にとって、その創作思想にとってひとつの大きな転換期であった。ニクソン政権下の米国ではベトナム戦争は五年目に入り、五十五万人の兵士が投入されていた。楊牧のいたカリフォルニアのキャンパスでは反戦運動が高まり、帰還した兵士に反戦学生たちは唾を吐きかけていた。中国大陸では、文革の嵐が吹き荒れ、社会と個人のありかたをめぐって誰もが考えざるを得ない時代であった。楊牧は次のように回想している。

一九六六年に私がバークレーに来たとき、当時すでにベトナム戦争は「頂点」となっており、全米において最も政治問題に敏感なキャンパスでは毎日、目にふれ耳に聞こえるものはアメリカ人同級生たちの激しい情緒の高まりであった。（略）四年目のバークレーを離れる年の前半に私は、それまで長い間押さえつけていた憤懣や愛慕を表現するための、ある文体、一組の比喩、ある種の音にたどりついた。

（楊牧『年輪』）

楊牧が「音」といい「あの気配」というものは恐らく、詩人にしか感じられない美の神からの啓示であって、それがカリフォルニア時代にしだいに凝縮し昇華され詩的言語として、七〇年前後に表出してきたのであろうか。その到達した「音」は葉珊から楊牧に転身した詩的生命の原点であって、『伝説』の中の「延陵の季子、剣を掛ける」、「流蛍《りゅうけい》」、「林冲、夜に奔《はし》る」などに結実した。劇的なモノローグは複雑な心理劇のスタイルを使って書かれている。儒学者、宗教をあざ笑うアウトロー、男の幽霊と多彩な人物像が登場し、六〇年代の葉珊作品にみられるやわらかな抒情性とは異なった趣が明らかに感じられる。「林冲、夜に奔る」は『水滸伝』に題材をとった叙事形式の悲壮な元曲風のオペラスタイルで書かれている。この作品は山、風、雪の発する音を巧みに使い、主人公のペルソナを代弁し情を述べる。彼の「新古典主義作品」のなかの代表作となった。「延陵の季子、剣を掛ける」は中国史から題材をとり、本来の儒教からはずれて、教条的な世界観に堕した儒教への批判であるようだが、当時作者が学んでいた西海岸の大学に吹き荒れていた学園紛争で論議された学問のありかたの問題にも関連しているようにも読める。

七〇年代の台湾詩壇においては、西洋化した現代詩に対する批判が次々と起こり、その晦渋さへの反発、明快さの追求、西洋化への反発、家郷に根ざした創作理念の追求が主張された。『文学季刊』がまずその先鞭としてその極端な現代主義への批判をはじめ、特に七二年、七三年には唐文標、関傑明が『創世紀』の現代主義路線への批判を展開した。「文学植民主義」なる用語さえ使われ西洋詩の模倣を批判する声が多く出ていた。欧州におけるアヴァンギャルド運動などに刺激された台湾の現代派詩人たちの作品は漢詩の伝統とも戦前の左派文学運動の系譜とも異なる無国籍風の流れとして、その民族的アイデンティティの喪失を懸念する声が増加してゆく。時代の要求として、郷土主義、現実主義、叙事主義、あるいは狭隘な自我の追求から社会派的なテーマを扱う「大我」主義という方向が重視された。その結果として叙事詩、長編詩が好まれたようである。国際的にも台湾は国連から脱退を余儀なくされ、「中華民国」の基盤の上に存在した神話が崩壊していった過程でもある。またそれは米国の庇護のもとに進んだ急激な近代化によって出てきた社会矛盾への認識が深まった時代でもあった。

楊牧の組詩が多く、史詩、叙事詩的形式をとるのが主に七〇年代以降であるのは、以上の流れに触発された面もあるだろう。ただ彼の組詩は人物の描写が多いのであるが、登場する人物たちの全体像をえがくのではなく、むしろ彼らがある一定の緊迫した状況のなかでいかなる反応を示し、いかなる役割を果たしたかという点が強調される。例えば、楊牧が年少時に学校の教室で隠れ読んだ『水滸伝』のなかで最も好んだのが林冲であるとしており、このようにインタビューで答えている。「私はいつも林冲の追い詰められた気持ちを書きたいと思っていた。そのストーリーだけでなく、人間が苦境に出会ってしかも、どこにも逃げ出すこともできない時の反応についてだ」（楊牧『柏克莱《バークレー》精神』）。彼の組詩は一定の歴史的題材、人物などを通して、国家、民族、地域のある時代を描き、それによって未来に新しい啓示を示そうとする。

台湾現代詩において七〇年代以降増加した長編叙事の傾向は詩の散文化と内容の社会化現象とパラレルに進み、詩の芸術性の重視だけでなく、社会的視点を付加した流れとなった。また楊牧の認識では、一九四九年以降において詩の現代化は直接小説の現代化を啓発したし、間接的には絵画や音楽にも影響をあたえたことになる。その意味で、七〇年ごろまでの時点でもっとも台湾現代文学のなかで「陳腐」化している可能性があるのは現代詩である、と彼は考えていた（楊牧『文学知識』）。「十二星象のエチュード」でのベトナム戦におけるアメリカ人二等兵の物語、「山洪」における花蓮の先住民族の神話において試みられているのは、叙事の中の抒情に托して現実の一片を作品化するという作業である。特に本書にも収録された「十二星象のエチュード」は楊牧的世界へ没入する葉珊としての最期の抒情の輝きであり、それまでの軌跡の総括であったとおもわれる。この二作品は互いに生と死、叙事と抒情という面でその世界を補完するような形式で対照的であって、詩人の創作思想の過渡期ともいうべき六九年ごろの彼の世界を示している。

楊牧の故郷を舞台にした作品には詩人のもっとも親密な赤裸々な内部にせまる省察が含まれる。「実家は花蓮にある。これが私を慰める。台北での忙しい毎日に疲れた時、私は自分につぶやく。

『明日、花蓮に帰ろう』と。そこにもどることは、私にとって台北の現実の生活から逃れ、仕事の最前線から撤退することだ」(『柏克萊精神』)。花蓮の近くを走る中央山脈と太平洋が彼の創作の秘密であることはしばしば、詩人自身が告白している事実である。かつて花蓮は植民地都市として、日本人が少なからずその開発に関わっていた。日本統治期の最盛期には人口の半数以上が日本人であり、港湾、道路、公園等のインフラストラクチャーは植民者である日本人の計画によって建設されていった。戦後は閔南、客家、外省人、原住民といったエスニックグループが均等に存在し、穏やかに融合して住んでいる土地である。

(「花蓮」)

窓の外の波音は僕と同じ年代
戦争の前夜
日本が台湾を統治していた末期に生まれ
彼も辰年
気性も似ていて
互いにあまり大切でもない秘密をもっている
夜中に目が醒めると彼の話を聞く
別れたあとの想いや境遇についてだ
(後略)

楊牧の作品には歴史に翻弄された台湾という郷土についての苦渋とでもいうべき認識が色濃く

反映される。台湾の近代史は諸外国の利害と侵略に揺れ動いた歴史であることはよく知られる。十六世紀のポルトガル人にはじまり、十七世紀にはオランダ、スペイン人があらわれ、十八世紀にはいると、満洲王朝の清に併合された。やがて日清戦争による清朝の敗北によって日本人が宗主としてその後の五十年間にわたり台湾を領有した。戦後、再び外来政権の誕生によって日本統治時代に代わる新しい外省人による階級社会が再形成された。日本時代のインフラを受け継ぎ、世界有数の富を集積した政治集団、国民党は新しいエリート層の文化を台湾に構築し、戦後の近代化政策を推し進めた。同時に文芸政策における大陸中心の思考は台湾本土文化への軽視へとつながり、その確執は今も続く。

本書所収の一九七五年の作品「ゼーランディアの砦」では、十七世紀オランダ人が台湾を屈服させるためにやってきた歴史を叙事詩風に描く。

巨砲には錆　硝煙は
散逸した史書のなかを飛んでいく
俺は苦悩しながらお前の腰を愛撫する
一群の緑のつややかな広葉樹は再び
横たわった俺に名前をつけられるのをゆっくりと待つ

ここでは、故国台湾は侵略者に翻弄される女性的な島として描かれる。一六二二年、オランダ人が東湖島に台湾の攻略を目指して到来したが、良港を見つけられずに去っていった。翌年、貿易調査のためにオランダ船二隻が安平（台南）の台窩湾に来て、一帯に砦を築いた。その地は一六二七年に「神応讃美」という意のZeelandia（「熱蘭遮城」）という名がつけられ台湾統治の行政中枢となる。以後外来者による統治が続くこととなった。

一九八七年以後の蒋経国による全面的民主化路線は自由経済の加速的発展、生活水準の向上となり、新世代の現代詩作家にも少なからぬ価値基準の変化が発生した。それまでの戦後第一、第二世代における精神的形成の基盤が戦争、家族離散などの政治的社会的大変動といった体験であったのに対して、新しい青年作家たちは高学歴で裕福な経済環境の下に育った世代であり、多種多様の視点をもっていた。ただ「台湾意識」が本土論の基盤の一つとされ、公にそれを主張することができるようになったのは、一九九一年の刑法一〇〇条の叛乱罪修正以降、ほぼあらゆる政治議題がタブーなしで自由に論議できるようになってからであった。

楊牧にとっても自らの葉珊的詩的世界の持続的否定を継続する中で、やがて花蓮という自らの原点を土台に発展させ、アメリカで開花した啓示は『伝説』における楊牧という詩的生命の転生へ導いていく。彼の年少時の郷土体験、カリフォルニアで得た「ある種の音」は、この転生において重要な役割を果たした。万物の背後にある永遠の実在を意識させる想像力の技は楊牧において新たな東洋的霊性と結びつき特異なメタファーの花を咲かせた、といえよう。

最後になるが、本書は台湾の行政院文化建設委員会からの資金賛助を得た。また刊行に際し著者の楊牧氏、夫人の夏盈盈女史、洪範書店（台湾）の葉歩榮氏、浅見洋二氏、是永駿氏、思潮社編集部の亀岡大助氏、他多くの方のお世話になった。ここに記して謝す。

参考文献

奚密（ミッシェル・イエ）「読詩筆記：楊牧」『聯合文学』一九二号　2000
楊牧『柏克莱精神』洪範書店　1977
『文学知識』洪範書店　1979
『葉珊散文集』洪範書店　1979
『年輪』洪範書店　1982
『失去的楽土』洪範書店　2002
上田哲二『台湾現代詩における家郷の位相』（大阪大学大学院博士学位論文）2004

本詩集で底本とした楊牧作品のテキスト

詩集『楊牧詩集Ⅰ（1956-1974）』洪範書店　1978
『楊牧詩集Ⅱ（1974-1985）』洪範書店　1995
『完整的寓言』洪範書店　1991
『時光命題』洪範書店　1997
『涉事』洪範書店　2001
散文集『山風海雨』洪範書店　1987

訳者略歴

上田哲二（うえだ　てつじ）

一九五四年、大阪市生まれ。オレゴン大学卒業。ワシントン大学大学院（ＭＡ）を経て大阪大学大学院博士課程修了。博士（言語文化学）。訳書に『台湾現代詩集』『シリーズ台湾現代詩Ⅰ～Ⅲ』（共訳、国書刊行会）、論文に「記憶と想像のゆらぎ――余光中における郷土の位相」（大阪大学『言語文化学』Vol. 12）などがある。

カッコウアザミの歌　楊牧詩集

著者
楊《よう》牧《ぼく》

訳者
上《うえ》田《だ》哲《てつ》二《じ》

発行者
小田久郎

発行所
株式会社 思潮社
〒一六二―〇八四二 東京都新宿区市谷砂土原町三―十五
電話〇三(三二六七)八一五三(営業)・八一四一(編集)
FAX〇三(三二六七)八一四二　振替〇〇一八〇―四―八一二一

印刷
オリジン印刷

用紙
王子製紙、特種製紙

発行日
二〇〇六年三月三十一日